失落的火星之城

THE LOST CITY
OF MARS
-
RAY
BRADBURY

［美］雷·布拉德伯里——著

李懿——译

上海译文出版社

目 录

守井待人 / 1

孤独客 / 12

疾疫 / 27

仲夏 / 31

火星幽魂 / 32

杰米玛·特鲁 / 38

拓荒者的孙子 / 41

草莓玻璃窗 / 55

轮子 / 68

爱恋 / 69

联姻 / 83

失落的火星之城 / 88

假日 / 135

一了百了 / 141

弥赛亚 / 154

午夜来电 / 170

蓝瓶 / 189

黑皮肤,金眼眸 / 204

守井待人

我住在井里。我的形迹如同井中烟雾，如同石头气道里的蒸汽。我一动不动。除了等待，什么也不做。仰头望去，我能看见夜空与黎明清寒的星星，看见太阳。有时我会唱起这颗星球年轻时流行的老歌。我如何能向你透露自己的身份？我本人亦不明了，无可奉告。我只是等待。我是迷雾，是月光，是记忆。我很伤感，我已老去。有时我像雨滴洒入井里，雨点急速坠落，水面惊起蛛网般的波纹。我在清凉的寂静中等待，等到有一天，我无须再等待。

现在是上午，我听见震耳欲聋的雷声，闻到远处飘来燃烧的气味。我听见金属碰撞的声音。我等待。我倾听。

说话声。离得很远。

"好！"

一个声音。陌生的声音。我无法听懂的外星语言。没有一个熟悉的词。我继续倾听。

"把人都派出去！"

晶莹的沙地上，传来欷欷的脚步声。

"火星！看来就是这儿了！"

"旗子在哪里?"

"这里,先生。"

"好,好。"

太阳高悬空中,金光洒满水井,我像一粒花粉悬浮其间,藏形于温暖光华之中,行迹迷蒙。

说话声。

"我谨代表地球政府,宣布此地为火星领土,由各成员国均等分治。"

他们在说什么?我在阳光下旋转,像个无形的金色轮子,懒懒散散,不休不止。

"这是什么东西?"

"一口井!"

"不是吧!"

"快来,是真的!"

一股热量临近。三个物体向井口弯下身来,我的凉意涌向它们。

"棒极了!"

"你觉得水质会好吗?"

"马上揭晓。"

"谁去拿个实验室取样瓶,再带根坠线来。"

"我去拿!"

跑走的声音。随即又返回。

"来了。"

我等待。

"放下去。轻点。"

头顶,玻璃瓶闪闪发光,被拴在线上慢慢放下来。

玻璃瓶触及水面,盛满,涟漪轻轻泛起。我随着温暖的气流升向井口。

"有了。想要检测水质吗,里根?"

"来吧。"

"多漂亮的水井啊。瞧这工艺造型,你觉得它的历史有多少年?"

"天知道呢。昨天登陆另一座城镇的时候,史密斯说火星上的生命已经灭绝一万年了。"

"想想也是。"

"怎么样,里根?这水。"

"纯净得跟银子一样。喝一杯吧。"

灼热阳光下,水声潺潺。此时我乘着微风盘旋,像一粒沙,一抹肉桂粉。

"怎么了,琼斯?"

"不知道。头痛得厉害,突然一下疼起来了。"

"是喝了水的缘故?"

"不,还没喝呢。不是水的问题。我刚只是弯腰看看井里,突然头就疼得跟裂开了似的。这会儿感觉好多了。"

现在我已明确自己的身份。

我叫斯蒂芬·伦纳德·琼斯，今年二十五岁，刚从一个名为地球的星球乘坐火箭来到这里，现在与好友里根和萧站在火星上的一口古井旁。

我低头打量自己结实的手指，它们被晒成了棕褐色。再看看我修长的腿、银色的制服、周围的朋友。

"怎么了，琼斯？"他们问。

"没什么，"我看着他们说道，"什么事也没有。"

食物挺美味。我已经一万年没吃过东西了。舌尖口感细腻，佐餐酒暖暖地流过喉咙。我聆听话语声。我说出一些从不知晓却又莫名理解的词语。我着意吸嗅空气。

"怎么了，琼斯？"

我歪过这颗如今属于我的头，放下双手，握住银色餐具。五感全开。

"怎么老问这句？"嘴里的声音说道，这是新属于我的又一样东西。

"你的呼吸一直很奇怪，还伴着咳嗽。"队友说。

我字正腔圆："可能有点感冒。"

"待会儿找医生看看。"

我点头。点头多么美妙。历经万年之后，能身体力行做一点事，多么美妙。呼吸空气多么美妙；阳光暖透皮肤，深入肌骨的感觉多么美妙；肉体逐渐暖和，感知到内里掩藏着致密精巧的骨骼结构，这感觉多么美妙；声音传入耳朵，比石井深处听见的更加清晰，更少延迟，这也多么美妙。我入迷地呆坐不动。

"别发呆了，琼斯，抓紧吃。咱们该走了！"

"好的。"我说。词语如清水凝在舌尖，又在空中优雅地徐徐降落，这过程令我心醉神迷。

我开始走路，走得蛮好。我站直身体，从头部眼睛的位置向下看，距离地面很远，就像安居在美好的悬崖之上。

里根站在石井旁，望向井里。其他人嘀嘀咕咕地朝他们来时乘的那艘银船走去了。

我感受着手的五指与嘴角的微笑。

"挺深哪。"我说。

"没错。"

"它叫魂井。"

里根抬头看着我。"你怎么知道？"

"瞧这外观，不像吗？"

"我从来没听说过魂井。"

"魂井是等待之地，里面有一种东西，一种脱离肉体的东西，一直等到天荒地老。"我说着，碰了碰他的胳膊。

天气炎热，沙地滚烫如火，飞船银焰闪耀，热的感觉多么美妙。脚踩在硬实沙地上,发出沉闷的声音。我聆听。风声呼啸,阳光炙烤山谷。我闻到正午时分火箭沸腾的味道。我在舷窗下方站定。

"里根哪儿去了?"有人问。

"刚在井边看到过他。"我回答。

其中一人向水井奔去。我开始发抖。寒战般的细微颤抖,埋在身体深处,随之变得极其强烈。我第一次听到一个声音,仿佛它也深藏在井底。那声音在我内心深处呼喊,微弱又恐惧。它叫道,放开我,放开我,感觉像有什么东西在努力冲破樊笼,拼命捶打迷宫的门,在漆黑走廊与过道之中来回奔跑,声音不断回荡,夹杂着尖叫。

"里根在井里!"

五人齐齐拔腿开跑,我也随他们跑过去,但现在我很难受,身体抖得厉害。

"指定是摔井里去了。琼斯,你刚和他在一起,有没有亲眼见到?琼斯?哎呀,说话啊,伙计!"

"你怎么了,琼斯?"

我跪倒在地,浑身剧烈颤抖。

"他病了。来,给我搭把手。"

"都怪这太阳。"

"不,不是太阳。"我含糊地答道。

他们舒展我的身体,而癫痫如同地震一波波发作,深藏在我内心的声音高喊道：我才是琼斯，是我，不是他，不是他，别相信他，救我出去，救我出去！我抬眼看见那些弯腰的身影，眼皮不住地痉挛。他们轻触我的手腕。

"他心跳也紊乱了。"

我闭上眼。尖叫停止。颤抖停止。

我向上飞升，一如逃逸出清凉水井。

"他死了。"有人说。

"琼斯死了。"

"死因是？"

"休克，看起来是。"

"什么导致的休克？"我说。我的名字叫塞申斯，是这群人的机长。我站在他们中间，嘴唇轻巧地翻飞着，低头打量躺在沙地中逐渐冰冷的尸体，两手猛地往脑袋一拍。

"机长！"

"没事，"我说着，呻吟出声，"只是头疼，没问题的。哎呀，哎呀，"我低声嘀咕，"这会儿就已经好了。"

"最好还是避免阳光直射，先生。"

"是的。"我说道，低头打量琼斯，"咱们根本就不该来。火星不欢迎我们。"

我们把尸体抬回火箭，一个新的声音又在我内心深处呼救，想要出来。

救命，救命。深埋在湿透的地球肉身组织之中。救命，救命！在赤红的深渊里，回响，乞求。

这一次，痉挛来得更快，控制得没那么稳。

"机长，你要不还是进去躲躲太阳，你脸色不大好，先生。"

"对。"我说。"救命。"我说。

"什么，先生？"

"我什么也没说。"

"你刚喊救命来着，先生。"

"是吗，马修斯，我喊救命了？"

尸体平摊在火箭的影子下面，尖叫声从深渊底部的骨冢与赤潮之中传来。我双手抽搐，嘴唇张开，焦渴难耐，鼻孔大张，眼球上翻。救命，救命，啊，救命，不要，不要，救我出去，不要，不要。

"不要。"我说。

"什么，先生？"

"没什么。"我说。"我要逃出去。"我说。我连忙用手捂住嘴。

"怎么了，先生？"马修斯高声问。

"快进去，所有人，回地球！"我大喊道。

我举起手中的枪。

"别这样，先生！"

爆炸声。奔跑的剪影。戛然而止的尖叫。高空坠物的呼啸。

经历万年之后，死亡多么美妙。感受到突如其来的凉意与松弛，多么美妙。就像包裹在手套里的手，在灼热的沙子里张开五指，逐渐清凉入髓，多么美妙。啊，寂静的黑暗的死亡，甜蜜地围拢过来。但我不能贪恋停留。

一声"砰"，再一声"啪"。

"天哪，他自杀了！"我叫道，睁开眼，只见机长斜倚着火箭，头骨被子弹击碎，舌头从洁白的牙齿中间耷拉下来，死不瞑目，脑袋血流如注。我弯腰摸了摸他。"傻啊，"我说，"为什么做这种蠢事？"

众人惊恐万状。他们站在两个死人身旁，转头紧盯着火星的沙地与遥远的水井，深水里躺着了无生气的里根。他们干燥的嘴唇发出嘶哑的喊叫，一种呜咽，一种幼稚的言语反抗，想要挣脱这场可怕梦境。

几人转身面向我。

过了许久，其中一人说："现在你是机长了，马修斯。"
"我知道。"我缓缓开口。
"咱们只剩六个人了。"
"老天爷，变故发生得太快了！"
"我不想在这儿待了，咱们出去吧！"

几人聒噪不止。我即刻上前，碰了碰他们，内心洋溢的自信几乎要歌唱。"听。"我说着，触摸这人的手肘，那人的胳膊，另一人的手。

我们全体陷入沉默。

我们已合而为一。

不，不，不，不，不，不！内心那六个声音哭喊着，深陷进外表之下，踏入囚笼。

我们面面相觑。我们是塞缪尔·马修斯、雷蒙德·摩西、威廉·斯波尔丁、查尔斯·埃文斯、福雷斯特·科尔、约翰·萨默斯。我们一言不发，只相互打量对方煞白的脸与颤抖的手。

我们齐齐转身，看向那口井。

"就现在。"我们异口同声。

不，不！六个声音尖叫着，层层叠叠，被永恒地秘藏起来。

我们的脚走在沙地上，好似一只长着十二根手指的巨手，轻轻扫过炎热海底。

我们俯身望向井里。清凉的深井中，六张脸回望着上方的我们。

我们一个接一个地俯低，直到失去平衡，然后一个接一个地坠入井口，穿过清凉的黑暗，落入冰冷的水中。

太阳西沉。群星循着轨迹升上夜空。远处，一粒光点隐现。又一枚火箭飞来，在太空中留下红色尾迹。

我住在井里。我的形迹如同井中烟雾，如同石头气道里的蒸汽。仰头望去,我能看见夜空与黎明清寒的星星,看见太阳。有时我会唱起这颗星球年轻时流行的老歌。我如何能向你透露自己的身份?我本人亦不明了,无可奉告。

我只是等待。

孤独客

他们吃了六顿露天晚餐,你一言我一语地在小篝火旁闲聊。他们刚乘坐银色火箭穿越太空,光芒在火箭高处闪耀。从远处的碧蓝山间望去,他们的篝火好似一颗星星,坠落在幽长的火星运河边,笼罩在澄澈无风的火星天穹下。

第六天晚上,两人坐在篝火旁,紧张地四下张望。

"冷吗?"德鲁问,因为同伴正在发抖。

"什么?"史密斯看看自己的手臂,"不冷。"

德鲁瞧了瞧史密斯的额头。满头大汗。

"太热了?"

"不,也不热。"

"寂寞?"

"也许吧。"他往火上添块柴,手烫得一哆嗦。

"打局牌?"

"集中不了精力。"

德鲁听着史密斯又急又浅的呼吸。"信息都记录好了。每天拍照、采集岩石标本,差不多已经满载。要不今晚就启程回家?"

史密斯大笑。"你没寂寞到那份上吧？"

"住嘴。"

他们在冰凉的沙地上挪了挪脚。没有风。火焰垂直而稳定，由飞船上的氧气管供给氧气。他们自己脸上也戴着透明玻璃面罩，非常薄，柔和细密的氧气从中一波波输送，来自夹克里层的氧气背心。德鲁看了眼腕式计量表，夹克里的氧气还够用六个小时。挺好。

他取出尤克里里，漫不经心地伸手扫弦，半闭着眼睛，塌下腰仰头看星星。

> 我梦中的姑娘，是人生中
> 最亲爱的姑娘——
> 别的女生可爱，也只像彩虹赤带
> 浅浅余晖轻照，即刻淡去杳杳。
> 她的眼眸碧蓝，她的秀发金黄……

尤克里里的琴声经由德鲁的胳膊传进他的耳机。史密斯听不见乐声，只听到德鲁的歌唱。空气过于稀薄。

"她是西格玛·奇的心上人——"

"啊，别嚎了！"史密斯喊道。

"你有什么不爽的？"

"叫你别唱了，就这！"史密斯往后一撑，狠狠瞪着同伴。

"好,好,别激动。"

德鲁放下尤克里里,躺下来,陷入沉思。他知道是怎么回事,他也有同样的感受。冰冷的寂寞,午夜的寂寞,遥远时空的寂寞,成年累月星际旅行的寂寞。

他无比清楚地记得安娜的脸,在发射前一分钟,隔着火箭的太空舱窗目送他远行。眼前的景象如同一枚栩栩如生、精雕细琢的蓝色肖像吊坠——圆形蓝色玻璃,镶嵌着她可爱的脸庞、高高挥舞的手、微笑的嘴唇、明亮的眼睛。她向他飞吻,然后消失在视野之外。

他随意地望向史密斯。史密斯闭着眼睛,也有自己的思绪在翻腾。那自然是玛格丽特,曼妙的玛格丽特,棕色的眼睛,柔软的褐色头发。她在六千万英里之外某个无法企及的星球上,在他们出生的地方。

"不知道她们今晚在做什么。"德鲁说。

史密斯睁开眼睛,望向火堆对面。他没有询问德鲁这话的用意,直接回答:"看电视音乐会啦,游泳啦,打羽毛球啦,超多选择。"

德鲁点点头。他又回到自我封闭状态,感觉手和脸都开始冒汗。他也发起抖来,内心深处有一种情绪在凄厉地号叫。今晚他不想睡觉。睡着后,会和之前的夜里一样,无凭无依的柔唇与体温进入梦中。随后，时间飞快来到空虚的早晨，梦醒时分，现实化作噩梦。

他张牙舞爪地跳起来。

史密斯向后一让，紧盯着他。

"咱们去走走吧，别闲着。"德鲁衷心发出邀请。

"好。"

他们走过空旷海底的粉红细沙，一言不发，只是往前走。德鲁感觉紧张缓和了几分，于是清清喉咙。

"假设，"他说，"当然，只是假设，你遇到一个火星女人，会怎么做？现在，或者下个时辰下一秒。"

史密斯嗤之以鼻。"别傻了。哪有女人。"

"只是假设。"

"不知道，"史密斯目视前方回答，脚下步履不停。他垂下头，手抚过脸上暖和的超薄玻璃面罩。"玛格丽特还在纽约等我。"

"安娜也在等我。哥们实际一点吧。我俩在这里，两个有七情六欲的男人，离开地球一年，又冷又寂寞，又没个伴儿，需要抚慰，需要牵牵手。不怪咱们一心念叨着留在家里的女人。"

"成天念叨也太蠢了，早就该放下这些。况且周围又没有女人，见鬼！"

他们继续走了一段路。

"不管怎么说,"史密斯想了一会儿,终于又继续道,"假如我们真在这里找到了女人,我相信玛格丽特会第一个理解我的境遇,并且原谅我。"

"你确定?"

"必须的!"

"或者,只是给自己找补?"

"不是!"

"那我给你看样东西。转身,就在那边。"德鲁拉着史密斯的胳膊,带他转向一侧,走出大约五十步,"跟你提起一整个话题的原因,就是这个。"他伸手一指。

史密斯倒吸一口凉气。

沙地里现出一个脚印,像一个温软的小山谷。

两人俯下身,急切地伸出指尖,心潮起伏,轻轻勾勒它的边线。鼻孔里的气息嘶嘶作响。史密斯双眼放光。

两人对视良久。

"女人的脚印!"史密斯大叫。

"每个细节都很到位,"德鲁郑重其事地点头道,"我碰巧了解。我在鞋店打过工。不管哪里的女人脚印,一眼就能认出。完美,完美!"

他们咽了咽口水,润泽干渴喉咙里的肿块。他们的心脏开始剧烈跳动。

史密斯张开双手又握成拳。"天啊,它好小!看,那是脚趾!天哪,真精巧!"

他站起身,眯起眼睛望向前方,随后大喊一声,奔跑起来。"这儿还有一个,还有一个,还有,一直往前,朝那边走了!"

"别激动。"德鲁追上史密斯,抓住他的胳膊,"你这是要上哪儿去?"

"松手,混蛋!"史密斯往前一指,"当然是去追脚印啊!"

"玛格丽特不管了?"

"这会儿提她,你他妈真会找时机。放开我,小心我打爆你的头!"

德鲁思虑重重地放开手。"好,你去吧。"

他们一齐向前跑……

脚印很新鲜,清晰而深刻的印迹,精致的细节。一个人的脚印,在前方疾跑、绕圈、落地,来来回回,穿过干涸的海床。瞟一眼腕表,五分钟已经过去。快点。再快点。跑起来。德鲁气喘吁吁,放声大笑。多荒唐,多愚蠢,两个男人卖力往前赶。说真的,要不是因为寂寞闹得这也成了正经事,他会坐下来笑出眼泪。两个称得上才智超群的男人,两个鲁滨孙·克鲁索,追逐一个尚未现身的女性星期五!哈!

"笑什么？"史密斯在前头远远地喊道。

"没什么，注意时间。氧气会用光，你知道的。"

"还多着呢。"

"还是当心点为好！"

德鲁觉得很有趣，当她经过此地，脚步如此灵巧地踩在土地上，留下如此温柔的小脚印，她是否意识到，自己会在男人中间引发一场危机？没有，完全没有。一无所知。

无论如何，他也必须往前跑，跟上那个发疯的史密斯。愚蠢啊，愚蠢。但好像——也不是那么愚蠢。

德鲁向前跑着，头脑中充满了暖意。毕竟，今晚要是能有佳人做伴，一起坐在火堆旁，牵着她的手，亲吻她，抚摸她，那该多美妙啊。

"万一她是个蓝皮人怎么办？"

跑在前面的史密斯转过身来。"什么？"

"万一她的皮肤是蓝色的，跟这些山一样，该怎么办？"

"去死吧，德鲁！"

"哈！"德鲁大笑出声，两人冲进一条古老的浅河道，紧邻着它的是一条运河道，在不分四季的时代，二者都已干涸见底。

精巧的脚印持续延伸，直抵丘陵。上山之前，他们停下来稍事休息。

"归我。"德鲁说道,黄色眼眸目光锐利。

"什么?"

"我说'她归我',这样一来,我可以率先跟她说话。还记得咱俩小时候吗?争先后时都要说'归我',是吧。我刚刚说'归我',那就正式定下次序了。"

史密斯笑意全无。

"怎么了,史密斯?不敢竞争?"德鲁说。

史密斯没有搭腔。

"我可是一表人才,"德鲁指出,"而且比你高四英寸。"

史密斯冷冷地看着他,眼睛一动不动。

"是的,先生,竞争。"德鲁继续道,"跟你说,史密斯——要是她有朋友,我就把她朋友让给你。"

"闭嘴。"史密斯说道,狠狠瞪着他。

德鲁止住微笑,退后一步。"我说,史密斯,最好还是慢慢来。你现在太焦躁了,我不愿意看到你这个样子。目前为止一切都还好。"

"我爱怎样就怎样,你别插手我的事。毕竟是我发现了脚印!"

"你再说一遍。"

"好吧,可能是你发现的,但要跟着追上来,是我的主意!"

"是吗?"德鲁缓缓反问。

"是不是你自己知道。"

"我知道?"

"苍天哪,在太空待一年,没人陪,没人爱,只是不停地换地方,现在终于有点起色,有个人——"

"有个女人。"

史密斯扬起拳头。德鲁见状一把擒住,反向一拧,顺手朝史密斯脸上扇了个大耳光。

"醒醒!"他对那张痴痴的脸喊道,"醒醒!"他揪起史密斯的上衣前襟,像个孩子一样摇晃他,"听着,听着,你这个傻瓜!她可能是别人的女人。想想看,有火星女人的地方,就会有火星男人,你这个蠢货。"

"放开我!"

"好好想想,你这个白痴,我就说这些。"德鲁推了史密斯一把。史密斯打个趔趄,差点摔倒,他伸手去拔枪,觉得不妥,又把枪塞了回去。

但这个小动作被德鲁看到了。他盯着史密斯。"有那么严重吗?真就想靠暴力解决问题?你真是原始穴居人本尊。"

"住口!"史密斯迈步继续前行,上山,"你不懂。"

"是,去年我哪儿也没去,每晚都陪安娜待在家里,在纽约度过温暖又安适的生活。而你呢,无牵无挂地一个人上路!"德鲁重重地哼一声,骂道,"你完全就是个自私自利的浑小子!"

他们爬上一座沙丘,在此之前,脚印已经引导他们去过周围好几座沙丘。他们发现了一个废弃的炉灶和烧焦的木棍,还有一个小金属罐,看上去是用来盛载生火的氧气的。东西看起来很新。

"肯定离得不远了。"史密斯跌跌撞撞,但还是持续朝前跑。他大喘粗气,拖着脚步划过沙地。

我想知道她长什么样,德鲁想道,放飞思绪自在思量。我想知道她是高挑苗条,还是娇小纤瘦。我想知道她眼睛是什么颜色,头发是什么颜色。我想知道她的嗓音是什么样,悦耳清脆,还是柔和低沉。

我想知道的细节还有很多,史密斯也是。他现在也满心好奇。听听他,琢磨两句,喘口气,跑两步,又继续琢磨。这样可不好,会把我们引向不好的结果,我知道。为什么要继续往前?愚蠢的问题。我们当然会继续往前,因为我们只是凡人,既非贤圣亦非禽兽。

我只希望她的头发不是蛇,他想。

"有个山洞!"

他们来到一座小山的山腰上,往里有个黑漆漆的山洞,脚印通向洞内,消失在黑暗中。

史密斯将手电往前一挥，光线射向洞内，迅速扫过左右。他颇有把握地展颜一笑，小心翼翼地向前走去，耳机里传出粗重的呼吸。

"这会儿不远了。"德鲁说。

史密斯没有看他。

他们并肩前行，手肘不时相碰。每次德鲁想抄到前面，史密斯就会闷哼一声，加快步伐，气得满脸通红。

隧道曲折蜿蜒，手电光芒往下扫去，脚印依旧渐次出现。

前方豁然开朗，两人进入巨大的山洞。洞穴尽头躺着一个人影，身旁的篝火已经熄灭。

"她在那儿！"史密斯喊道，"她在那儿！"

"归我。"德鲁低声说。

史密斯忽然转身，手中握着枪。"出去。"他说。

"什么？"德鲁见他举枪，惊得直眨眼。

"你没长耳朵吗？出去！"

"那个，等一下——"

"回飞船上去，在那里等我！"

"要是你觉得可以——"

"我数到十，你要是还不动，我就把你就地枪毙——"

"你疯了！"

"一，二，三，你最好让开。"

"听我说,史密斯,苍天在上!"

"四,五,六,别怪我没警告你——啊!"

枪响了。

子弹击中德鲁的侧腰,他摇摇晃晃转了半圈,一个狗啃泥摔倒,趴在黑暗里,痛得大叫出声。

"我不是有意的,德鲁,真不是!"史密斯慌忙大叫,"枪走火了,我的手,手指,太紧张了,我不是有意的!"眩目的手电光芒直射而来,一个人影弯下腰,把他搬到仰卧体位,"我会救你的,对不起。我去叫她来帮忙。稍等一下!"

德鲁腰部剧痛,只得躺着,望着史密斯将手电调转方向,踏着响亮的脚步冲过长长的洞穴,冲向熄灭火堆旁熟睡的身影。他听到史密斯喊了一两声,看到他走上前去,俯身触摸她的身体。

许久,德鲁静静等候。

史密斯把她的身体翻过来。

德鲁远远地听见史密斯说:"她死了。"

"什么!"德鲁叫道。他双手摸索出一个小医药盒,掰开一剂白色粉末吞下去,侧腰的疼痛立即止住了。接着他开始包扎伤口。伤得不轻,但也不算特别重。在不近不远的地方,他看见史密斯一个人站着,麻木的手中毫无知觉地握着手电，低头看女人的身体。

史密斯返回，坐下，茫然望着前方。

"她——她已经死了相当相当久了。"

"那，那串脚印，是怎么来的？"

"因为这颗星球，当然了，这颗星球。我们也没停下来想一想，就只顾着跑啊跑，像个白痴。这颗星球，我刚刚才想到，现在全明白了。"

"怎么回事？"

"这里没有风，完全没有。不分四季，不下雨，不刮风，没有天气变化。一万年前，那个女人独自走过末日世界的沙漠，也许就剩她最后一个活着，靠几个氧气罐一直往前走。这颗星球遭了变故，大气被吸入太空。从此没有风，没有氧气，没有四季。就她一个人独行。"史密斯在心里复现那个画面，轻声娓娓道来，没有看德鲁，"最后她来到这个山洞，躺下，死去。"

"一万年以前？"

"一万年。她一直在这儿，状态完好。一直躺在这里，等我们过来出洋相。开什么宇宙玩笑。啊，很好！相当搞笑。"

"那脚印是怎么回事？"

"没有风吹雨打，那些脚印自然保留着新踩出来那天的样子。一切仿佛都新鲜如昨，甚至包括她本人。只是，她不一样。一看就知道，她已经死去相当相当长的时间了，但又说不出是哪点给人这种感觉。"

他的声音逐渐低下去。

突然，他记起了德鲁。"我的枪……你……需要我帮忙吗？"

"都包扎好了。刚才是意外走火，就这么说吧。"

"痛吗？"

"不。"

"你不会想法子杀我报仇吧？"

"闭嘴吧你，你刚才手滑了。"

"确实是——真的是手滑了！对不起。"

"我知道是这样。闭嘴吧你。"德鲁处理好伤口，"现在你扶我一下，咱们得回飞船上去。"史密斯扶他站起来，他哀叫不止，摇摇晃晃。"那么，先扶我过去，让我看看公元前一万年的火星小姐。跑了这么远，又受这么大罪，我怎么也得瞧她一眼。"

史密斯扶着他慢慢走过去，站在地上那具摆成"大"字的尸体旁边。"她看起来只是睡着了，"史密斯说，"但实际上早就死了，死得透透的。她漂亮吧？"

她的模样就像安娜，德鲁想着，感觉颇为震惊。睡在那里的安娜，随时会醒来，笑着打声招呼。

"她的样子跟玛格丽特好像。"史密斯说。

德鲁嘴角抽搐了一下。"玛格丽特?"他有些迟疑,"对,是——是的。我想是的。"他摇摇头,"只取决于你怎么看。我刚才自己还在想——"

"什么?"

"没什么。让她躺着吧。就把她留在那儿。现在,咱们得赶快,回飞船上。"

"真想知道她是谁。"

"永远不可能了。也许是位公主,或者某座古城的速记员、舞女之类。快跟上,史密斯。"

脚步迟缓而痛苦,半小时后,他们终于返回火箭。

"说起来,我们不就是傻子吗?彻头彻尾的大傻瓜。"

火箭舱门猛然关上。

点火升空,喷出红蓝火焰。

下方的沙子被搅动、冲散、吹开。一万年来,脚印第一次被拂乱,组成印痕的细沙粒粒飞散。尾焰气流远去,脚印消失了。

疾疫

夜里，火星人忽而醒来。

"我要死了。"他躺在床上想道，一阵恐惧掠过心田，随即复归平静，"我的名字；我的名字叫什么？我要死了，必须想起自己的名字，要是连我本人都不记得，别人更无从记起。但我想不起来了。我要死了。我身体的一部分已经死去。我的双腿动弹不得，左手僵硬得像木头。"

他转头望向妻子躺卧的位置。他内心明白，她已经死了。虽然看不清她，但他悉心倾听也听不见任何声音，于是明白她已停止呼吸，静止了生命的律动。等到双眼适应了黑暗，他终于看清她躺在那里，像一艘漆黑的小筏子在屋里潮汐般的迷雾中浮沉。他们每晚就寝的床边雾霭萦绕，妻子的肢体沉静安详，可是她的皮肤，啊，她的皮肤成了什么颜色！

"她变黑了。"他想，"我从没见过这么深的肤色。她自己也从未预料，从未知晓，中途甚至从未苏醒。病情恶化得那样迅速，她全身被高热烧得黢黑，眼皮布满褶皱，双手像黑蜡消耗了一层。啊，她比历史上肤色最深的人还要黑。"

"怎么会这样？"他思索着，随后想了起来。

"噩梦。"他告诉自己，"没错，没错，噩梦。她是怎么说的来着？从天而降的人！约克。约克。纳撒尼尔·约克。怪异的人们，怪异的名字。约克和他的同伴从天而降，如今要向卧床的我们索取性命。他们在夜里悄无声息地到来，不敲门，只用黑热的疫病把我们烧死在床上。我的天，真快啊！现在，我的右手也不行了！还有我的身体，就像块石头！"

"可是他们已经死了！"他对着房间大声说，"从外星来的那些人都已经死了！"

"而他们死后，疾疫仍未消亡，伺机发起报复，"他想，"每当风起时便乘风入城。看来，那些故事都是真的，那些传闻也是真的，那些噩梦、戏言、哑谜，全是真的。还有老妇人的饶舌，孩童的咿呀，关于流星与怪人的闲谈，全然没有假话。他们的星舰载来了多少人？我只见过两个，但人数想必更多。在镇上，那个小女孩说了什么？一个领头的，带着三个跟班。那只是流言，是石砌疯人院里传出的胡话吗？不，我知晓秘密，独醒于世。我想知道其他人是否有过猜测，我想知道各座镇子里此刻有多少人醒来，发觉噩梦成真，正在失声尖叫。当初拿外星人的谈资开玩笑，他们定是觉得乐趣无穷，相关的调侃一直风行了好几个月。我知道真相，却守口如瓶，否则他们会把我关进笼子，耸耸肩笑着走开。而今，他们笑不出来了。"

死亡已近在咫尺。他动了动嘴唇，以验证嘴还能动，验证生命至少仍在唇部逗留。他感觉到如墨的黑热在体内喷涌，高热井喷而出，灼烧着他的脸。他的视野渐渐模糊。

"远在我们世界另一边的居民，"他想，"塑梦者，拥有不同于我们的血脉，属于另一个种族。他们又如何呢？他们是否猜到？是否知晓？他们一贯主动出击，积极抗争，从不轻信，怀疑一切。他们可曾抗争？有过哪些行动？

"对，这下我记起来了。"他闭上眼睛，"有个故事流传到这里，相当可笑的故事，说是另一艘来自外星的船在塑梦者中间着陆，船上的人发现一座小镇，镇上的陈设布局和他们的旧时记忆一模一样，乐声、讲演声、欢呼声鼎沸喧嚷。是个挺不错的笑谈，没错。我们为之大笑，今日方知为时已晚，它不是玩笑，也绝非天方夜谭。今夜我多想去查看一千个房间，看看里面烧得全身发黑的人，看看他们焦黑的嘴唇与黝黑的肉体，我要告诉他们，我早已知道，一直都知道。各地有多少人猜出真相，却从未开口。多少人曾听见音乐或陌生的歌曲，彻夜难眠。多少人热烈寻爱，排遣孤独；还有一个人，至少有一个人，持枪出门直面噩梦，直面半真半假的故事与谎言。我们向噩梦开枪，杀死了它，而今那噩梦要反杀我们，它偷偷溜进每一个房间，扼杀每一个人的生命，把每一个人染成黑色，我们渐次死去。总而言之，这颗星球上的我们已经死去了很长时间，死去了一万年，留下座座空城，只有少数遗孤散居在各个小镇，至多一万人，真正称得上所剩无几。万年前繁荣昌盛的城池化作沙土，粒粒种子散落其间。"

他感觉心房颤动，随即睁眼望向窗外。他看见远处有几艘沙船正平稳地驶向山间。

"逃难，"他疲惫地想，"有少数人，没错，我们有少数人逃过了黑热病。逃进山里，把死城抛在身后，城中只有焦黑的死人，高烧不止。"

白帆驶向远方的沙滩，消失了踪影。

"再过一会儿我就要死了。"他想，"我到底叫什么名字？我在哪儿？"他耷拉下头，再度凝视着妻子，"她又叫什么名字？她是谁？"他用生命中最后的力气凝望着她，她是如此遥远，漂浮在深夜房间里的迷雾之海。终于，一个名字浮现在脑际，他不禁叫出声来，隔着茫茫雾海向她呼唤。

"伊拉！"他喊道，"伊拉！"

然后，他死了。

仲夏

这个时节,空气炎热,地面滚烫,麦田和玉米地闪灼着耀眼得透亮的黄,房屋闪灼着耀眼的白,谷仓闪灼着耀眼的红。这个时节属于太阳,火星的八月,稀薄空气如烘如蒸,运河水面下降,再下降,像一层薄纱覆在备受炙烤的石砌河床,船只像松脆的枯叶,搁浅在蒸汽氤氲的干涸河道。这个时节,暴雨倾盆而降,若你仔细留意,会看见细雨有时直接汽化。这个时节,沙尘漫天,如同热烘烘的香料粉。这个时节,农场大门紧闭,窗户放下遮阳板,蛇悄然无踪,脚下的影子终日寸步不离,像孩子只在日落时跑开。

火星幽魂

"要问谁不信，我就算一个。"母亲说。

"那你自己来看看呗。"伊姆说完，跑开了。

好吧，她一摇一晃地下了地窖，踏入黑暗潮湿的沙尘，沿着一两条走廊，经过几间旧牢房，因为他们的房子建在古时一座海港监狱的旧址上方。来到石头甬道尽头，她用双手捧住心口，大叫一声："啊！"

"放我们出去！"鬼魂厉声号哭。

"开门！"又一个鬼魂大叫，他比同伴还要惨白。

母亲逃到楼上，立马呕了出来。

两个水手在提斯附近的石头公路上找到了伊姆的母亲。她已经步行了两小时，外加坐了趟车，现在一副寻死觅活的样子，歇斯底里。"我的房子，"她说，"正在——闹鬼！他们呜哩哇啦地乱叫，已经占领了我们院子底下的牢房！"

一名水手看看船友。"肯定是天太热了吧？"

船友点点头，使了个眼色。"那你现在跟我们来就好。"他说。

"我得去找我丈夫。"她哀号着,"他知道该怎么办。"

"咱们走吧。"两人劝道。

说回那座沙土小屋,孩子们正挤在牢房前,偷偷往里看。"滚开,你们这群脏兮兮的小毛贼!"鬼魂尖叫道。

"他说什么?"伊姆问。

"不知道。"凯瑟姆说。

"他说什么?"鬼魂问。

"不知道。"幽灵说。

"他们讲的,确实是陌生的语言,火星语。"

"他们讲的是鬼语。"伊姆说,"要是能听懂就好了。"

"要是能听懂他们的话就好了。"黄发蓬乱的鬼魂说道。

当地相关机构的代表团顶着阴森的寒意走下地窖楼梯。他们安静而体面地走进石头走廊,互相点点头,摸摸霉迹和铁栅栏,打着手势,窃窃私语。拐过一个转角,逐渐接近牢房。

"放我们出去!"黑鬼魂尖叫。

"给老子下地狱!"红鬼魂大喊。

代表团逃回楼上。

"幽魂,真够骇人!"他们在灼热的阳光下瑟瑟发抖。

"有鬼，错不了，邪恶歹毒又恐怖！"

"必须驱除！"

"驱除！"

他们紧紧拥作一团，互相鼓劲。

"谁来驱鬼呢？你吗，伊尔特？"

"我不负责那个，当然是雷姆来。"

"也不该是我。首先得审判。必须让这对父母像女巫那样接受审判！"

"你有没有看到刚才凯姆怎么了？那鬼一碰到他，他就倒地昏死过去，通体变黑，然后化没了。"

牢房里，一个鬼魂向另一个鬼魂说道："现在瞧瞧？你干的好事。"

"我干的？你也有份。"

"是你碰了他。你手上到底有什么？"

"我手上，你个傻子，什么也没有。就是些细菌，对你，对我，对地球上任何一个人都是无害的。但是他抵御不了。天哪，他腐烂得真快。啊，咱们这下有麻烦了，等着引火烧身吧。"

"我就是那句话，你不该碰他！"

代表团朝他们放火，放完火又浇酸。浇完酸后开枪，开完枪又扔石头，扔完石头再泼沙土，直到牢房埋堵得结结实实，再无动静。之后他们拆毁了房子，把一块块建材抛向四面八方。父亲母亲尖声求饶，否认作恶，却仍被碎尸千段，分别埋到一千座城镇。孩子们被严密监视，搬进了新家，他们经常在深夜聊起鬼魂。

"你觉得爸爸妈妈是女巫扮的吗？"

"我打赌一定是。想想多可怕啊。"

一年后，鬼魂再次出现在火星上，首当其冲的自然是孩子们，须立即处决。

这晚，风扬起沙子，星光犹如雪花抖落；这晚，窗户哗啦啦响得像水晶骨头，心口流过的血液澎湃如小溪。屋里所有人都坐了起来，抬起眼皮，竖起耳朵，白色枕头上印痕未消。下方院子里泛起一阵迷雾，伴着絮絮低语和号哭，鬼魂返回这片土地。

"呜喂，呜喂——"鬼魂凄嚎着，"呜喂，呜喂——"渐渐远去。

"嘘。"孩子们紧握着彼此的手，像一堆肉块挤在床上。

"呜喂，呜喂，呜喂——"脚步声，拖曳着，踩过晶莹的沙粒，响声清脆犹如钻石碎裂。

"呜喂，呜喂——"没声了。

母亲抄起蓝色手电筒，快步走进房间。"孩子们，都还好吧？"

"还好。"

她挨个拥抱他们。"你们的爸爸病了，心脏不舒服，又是让鬼闹的，真是再也承受不下去了。"

鬼声从敞开的窗户传进来，在深夜嘈杂絮叨，乘风而至。孩子们离开热乎的枕头，起身环顾周围，眯起眼睛，并拢手指搭上耳廓。

"这边，这边。"院子里一个声音说道。

"看仔细了。"月光下，另一个声音说道。

"那，这里是火星？"

"对。"

"我想回地球！"

孩子们紧拥着彼此，强忍住恐惧的尖叫。

怪声夜复一夜，没完没了。

"那些鬼在说什么？"十岁女孩艾欧问道。

"在说我们听不懂的话。"男孩蒂亚回答。

声音喋喋不休了十几分钟，然后被一股热风刮走了。一颗巨大的银子弹消失在天际。

"鬼啊，鬼啊！"父亲尖声号哭，到第二天早上，他吃不下饭，也没法顶着烈日干活，只能躺在床上，撞见幽魂的经历吓得他无法动弹。

整个家里人心涣散，大家都陷入了恐慌。蒂亚双手紧捏着姐姐的手腕，看着她的脸说道："今晚，咱们设个陷阱，把鬼都抓住！"

"啊，蒂亚，"她高呼，"你真勇敢！"

他神情专注，在院子里忙活了一整个下午。

他们想到那些鬼魂，就不禁瑟瑟发抖，脸色苍白，夜里躺在床上，也嘴唇发颤，神经兴奋，无法合上淡黄的眼睛。他们曾一次又一次从父母姑舅那里听过鬼魂的传说，此刻，当火星的双月升上火星的碧蓝山头，他们溜到窗前，向外张望。依蒂尔、克里、微，三人长呼出气，望着迷蒙的天空，等待。

杰米玛·特鲁

二一六〇年春,杰米玛·特鲁来到火星,新建小镇上的人们无不驻足侧目,注视着她走过。因为她是如蓟花一般的可爱尤物,在她翩然离开视野过后许久,他们依旧站在原地张望。

这是镇上以木材钉成的第六栋建筑,它有一道楼梯通往二层,顶部的门打开,里面是一条长走廊,时常会出现不同的女人,她们的皮肤好似珍珠母贝。你能听见她们的笑声一路飞扬,直达火星运河;你能闻到她们的香水味,胜过你顶着酷暑干完一整天火星地球化建设工作后,进门时闻到的家常菜的馨香。那栋房子坐落在小镇边缘,附近的小山坡度平缓,山脚映照着人造灯光。房子里总是传出吊灯(或瓶子)掉落的声音与脚步声。

年轻女士杰米玛·特鲁住在一号房间,她的秀发像阳光迸发,皮肤则白皙如雪。

就这样,地球人来了,起初步履缓慢,随后一波接一波不断增长。首批抵达的是专业爱好群体。显微镜学家设置好仪器,呼吸中带着狂热气息,一头扎进枯黄的火星草甸,寻找那里未曾发现过的原生动物:草履虫和变形虫。

那位科学家多么激动，他朝着四面八方转圈，像托马斯·伍尔夫一样，渴望阅读每一本书，触摸每一样东西，这里有如此多的新资料等着他摄取、查阅、翻找。各种各样的生物！天啊，各种各样！微小的尘埃生物、丘陵生物、栖息在风中的生物！

他们运来一万五千板英尺①俄勒冈松木和七万九千板英尺加州红杉木，在石砌运河边缘打造出一座干净整洁的小镇。每到周日晚上，教堂里就会亮起红、蓝、绿三色的彩绘玻璃灯，歌声吟唱出各有编号的赞美诗。"接下来唱第七十九号。接下来唱第九十四号。"有些房子里响起打字机的噼啪声，那是小说家在写作；有些传出钢笔的沙沙声，那是诗人在写作；有些则完全沉寂无声，因为从前的海滩拾荒者在外工作。从诸多方面看来，这都像是一场大地震撼动了艾奥瓦州一座小镇的根底与地基，紧接着，刹那间，一场绿野仙踪式的超大旋风将小镇整个刮上火星，稳稳放下，没有一丝颠簸。

他手拿面具跑过街道。他把面具扣在脸上，大喊一声"噗！"。他躲在绿色榆树背后，藏在小溪桥下，紧闭双眼，兀自吓唬自己，隐秘，双倍隐秘，因为今天是万圣节，风吹拂着孩子们跑上浸润了月光的混凝土与柏油的草地，跑

---

① board-foot，美国和加拿大用于木材的专业计量单位。一板英尺为一英尺长、一英尺宽且一英寸厚的木材体积。

过尖刺栅栏的森林,而法院高塔上的白色月相大时钟庄严地哀悼着这个时辰,星星乘坐雄伟的摩天轮,从地平线的一边转到另一边。

拓荒者的孙子

公元二〇〇〇年五月十七日,星期三,火星。

男人们用大手牵拉着白绳,在凌乱的草地上大步来去。手握钢锤的人紧随其后,将木楔打进泥土,绑紧白色粗绳。整片土地上,绳子被扯得呼呼响,像一张巨型蜘蛛网。

"这里建邮局,那边是市政厅、杂货店、监狱、纺织品店、两元店……"一双双手扫过四方地平线,指指点点。人们唾沫横飞,抓紧帽子以免让风吹跑。

"真他妈叫人头皮发麻。"萨姆森·伍德低声说,"头皮发麻。"

"什么?"火星无名镇的警长问。

"你要知道,这是第一座城镇,火星上第一座该死的城镇。"萨姆森·伍德说,"整片大地上,拉绳呼呼响。听听它的呜咽。天啊。"

他们聆听那桩钉上绷紧的绳弦,如同横卧的巨大竖琴演奏着音乐。

"也有其他城镇,火星人修建的古镇。"

"没错,但不一样。这是我们的,是我们。"萨姆森·

伍德慢条斯理地说道，双眼紧眯成一条缝，清晨的寒气刺得他泪水汪汪。他擤了擤大鼻子。"可不是随便哪天都能有幸在场，看他们给第一座城镇奠基，绷起准绳，浇筑地基，钉下第一颗钉子。我的天哪，感觉就像在伊甸园里，目睹亚当夏娃以及创世的一切。"

"是的，先生。"警长说。

"很熟悉，熟悉。"萨姆森·伍德若有所思。

"怎么说？"

"西部拓荒的即视感。你看，这块地方就像怀俄明，那边呢，像明尼苏达的地儿，那一大片像艾奥瓦。总体来讲，这里就是西部。我感觉随时会有一辆大篷车开过来，有人朝我丢块饼干，大喊道：'开饭了！'大伙儿全跑过去。你知道人跑起来的时候，靴子底的声音有多空洞吗？我现在好像就能听到那种声音。"

"你老家是那儿的？"警长问。

"怀俄明吗？该死的，怀俄明、亚利桑那、得克萨斯，我全待过。所以我非要来这里不可。我从来没有过旅行的冲动，没想过要去看看欧洲、亚洲那些地方。可是火星不一样。"

他如饥似渴地望着这片空旷土地，绕了一圈回到警长身旁，费劲的远眺使得眼里的泪水更加丰沛。"我来这里，是想找一样东西，我在地球上不曾拥有的东西。我不知道是什么。对于来这里的目的和原因，我心里完全没谱，但觉得肯定能得偿所愿。只要见到了，一眼就认得出。"

"我想，大家都是抱着这样的目的而来。"

"尤其是我。来的路上，有些夜里我会害怕，总是想，要是到了那里，却没有达成夙愿，该怎么办。要是两手空空还不得不返回地球，那该怎么办。总是想这些。"

"那是自然。"

"我爷爷在一八九○年去了西部。我一直听着他讲西部的故事长大，开拓史、篷车、印第安人、妓院、治安队、詹姆斯兄弟。夜幕降临，爷爷就坐在火边，弹起吉他，一桩桩讲给我听。天啊，我现在还能回想起他的歌声。"

"那是个美好的时代，没错。"警长附和。

"该死，简直是完美。你可以说，我不喜欢纽约，于是就跑去伊利诺伊，等到伊利诺伊人满为患，又可以去俄克拉何马界。再往西穿过得克萨斯，走到旷野尽头，就是海。先民到达海边不久，就留了下来，那样做，就像是止住臂膀上的血液循环。人们只要持续迁徙，开辟新的土地，事情就糟不到哪里去。但是，等到最后一块陆地上最后一片该死的海岸都被占据，血液就开始凝滞。要是全球的血都流不通了，战乱就会爆发，规模越来越大，越来越激烈，你发现没有。互相挤得太紧了。"

"说得有理。"警长评论道。

"记得我爷爷给我讲过一个仙人掌小镇上的酒吧，里头装的水晶吊灯有银河那么宽广，各种酒瓶贴着黄色和红色的标签，还有面镜子大得像冬季里封冻的池塘，他说喝醉的时候老想上去溜几圈。屋里挂着红色窗帘，黄铜色头发的女孩翩然起舞，男人们脚搭在栏杆上，旁边堆着小袋的矿砂。绿绒桌面上台球滚动，人们往球杆头涂巧克粉，在吊灯下打扑克，背景里锡钢琴曲声悦耳。天啊，那家酒吧清晰地印在我记忆里，我仿佛能闻到它的味道，就像亲自去过一样。它在我爷爷的描述中活灵活现，细致到木料里的每一粒斑点，黄铜痰盂里的每一个烟蒂，每一组同花顺，每一条粉红吊袜带。"

"所以你来了火星。"警长说。

"没错！"萨姆森·伍德疯狂揉捻着胡须的白尖，"老天，我在报上看到第一枚火箭登陆火星的那天，一整晚都没睡着，打开窗户，远望着星星。凌晨三点我打电话给天文台，问那该死的群星中间到底哪一颗是火星！"

警长笑了。

萨姆森·伍德也笑了。"他们跟我说，'就是今晨西方地平线上红色的那颗'。我看过去，还真有，老天爷，跟他们说的完全一致，然后我自言自语，没了海岸，没了海洋，还有新的拓荒地。见鬼，一千块拓荒地！要花上几个世纪，才能给那地儿画好地图，建好城镇，我想。天啊，要是我爷爷这会儿还活着该多好！"

"于是你就来了。"警长说。

"打包好我的纸板箱、银手枪、宽边牛仔帽，然后瞧了瞧我的存款。四十年来我存了三万美元。我六十五了，心脏不好，精神头也不好，是吧？花了一千美元买张单程票来这里，上帝保佑，要是我不喜欢这地方，按我当前的花销来算，可能都不够回地球的。我想做个什么生意，还没想好做什么。能让我心满意足的行当。我这辈子过得都不如意。可以先做一点木工活儿。然后，到我退休的时候，还不算老，就到那草原上修个棚屋，买把吉他，给我自己的孙儿们唱歌，啊，我还要结婚，该死，永远不服老。然后我可以给孩子们讲述第一座城镇的兴建，讲述这里所有的拓荒故事。老天，警长，我将成为火星上最幸福的人！"

"你要不是就有鬼了。"警长笑道，"嘿，瞧！又有新人抵达！"

警长和萨姆森·伍德走向骤然间炙烤得滚烫的着陆场。巨型吹雪机将一道道雪花飞舞的气流送过场地上空降温，以便行人通行。天上下起魔法般的阵阵小雪。

第一艘火箭的舱门"砰"一下打开，身穿银色制服的人们从移动式坡道跑下来，跟在后面的乘客则动作拖拉，极度不安地迈下火箭。他们小心翼翼地将高筒靴踩在地上，仿佛脚下的泥土随时会被风刮走。他们把宽边牛仔帽按向脑后,眯眼望向远方的蓝色山丘,锐利的眼睛周围立即出现常年在阳光下眯眼而产生的细纹。现在太阳离地表很远,又小又冷,几近于清晨天空中的一粒雪球。空气中寒意料峭。

萨姆森·伍德手中箱子落地。"见鬼了!是你,鲍勃·科伊!"

一个身穿简约紧身铜铆钉牛仔裤的男子正在卷烟。他蓦地停下手上动作,呆站在原地,杜罕公牛的标签仍叼在嘴上,烟草袋在手边晃荡。他一张嘴,烟丝和纸全都从肩上往后飘飞:"萨姆森·伍德,是你吗?"

两人同时向对方冲去,跳起一种滑步挥拳的舞蹈,互相又推又搡,转了好几圈。

"我的天哪,萨姆森,你怎么在这儿!"

"你呢?"

"说起来,这里算是我的领地。"

"我也一样!"

"见着肖迪·希克斯了吗?"

"他也在?"

"当然!还不止呢!看!"

坡道上又跑下来两个人,脚后跟跺得"咚咚"响,猪肝色脸上嵌着明亮的蓝眼睛,身体精瘦得像牛肉干。

"萨姆森·伍德!"他们叫道。

四人互相捶打对方的背,又是笑又是叫,又是跺脚。萨姆森·伍德举起手枪朝天开了六发,惊得着陆场上的人全跳了起来。

"呀呼!"大伙儿齐声欢呼。

一小时后,他们坐在绳弦呼呼响的地基中间,满口大嚼火腿三明治,一起喝同一瓶水,开心地互相打量对方。

"天啊,萨姆森,让我看看你!"

"看吧!"

他们抱着膝盖前后摇晃,努力把干硬的食物往下咽。

"怎么不早说你要来?"

"就刚做的决定。"

"我也是。"

"我一个人上了该死的火箭,"鲍勃·科伊眯起眼睛细细解释,"然后在离我很远的后排座位上,我发现,那不就是拉斯蒂·安德森吗!我爬上楼梯,又在上层甲板找着了埃尔默·德里斯科。接着去了酒吧,我就知道庞克·史密斯会在!我们事先谁都不知道对方要来!好家伙!"

"好家伙!"大家齐声附和。

"你们觉得还会不会有其他牛仔来?"萨姆森感到心脏狂跳,胸腔有些发疼。他兴奋地向前探过身子。

"会有好几百吧!"

"你是为什么来的?"

"你又是为什么?"

"呃,我爷爷……"

"我也是……"

"那大家都一样。咱们的祖父……"

"都是拓荒者!"

大伙儿群情激昂。

"我带了吉他来。"

"我也带了。"

"我可以弹我的。"

"咱哥几个,可不是吹的!"

他们乐得前仰后合。

又渐渐安静下来。萨姆森·伍德望着附近轻轻吟唱的少许粗绳,拉起一根,聆听它的震颤。他看看身边的人,看看天空,摸向套在瘦腰间贴身腰包里的现金。摸到钱,他的手不禁颤抖,脸逐渐涨红,眼神明亮起来,静听着同伴们侃大山。

"我要养七百头牛,这里需要牛。"

"我要养羊。"

"你呢,萨姆森?"

至此,萨姆森一直缄口不言,在内心的深井底部四处摸索,划燃火柴这里指指那里戳戳,寻找前路。现在,他的思绪慢慢回到同伴身边,开口道:"我一直在想……"

"什么?"

同伴们朝他探过头来,带着孩子般真挚的热情,窃窃低语,仿佛在听一个美妙的故事。

"我来这里,是想找一样东西。"萨姆森·伍德说,"起初我不知道是什么,也担心能不能找到。但现在,目标已经清楚,也明白要怎么做了。"

伙伴们等着他往下说。

萨姆森·伍德继续道:"据我所知,现在还有很多像我们这样的人在来的路上。西部拓荒者的孙子们,个个都要来!要是所有人着陆以后,能做起各自的行当,尽心尽力经营,那就对了,那该多快活啊!听我说,兄弟们,只要帮我修房子,锤钉子锯木头,我就把利润给你们分成。建起来以后,你们可以买自己的牧场,还能从我这里拿分红去买牲口、饲料、种子、油,感觉怎么样?"

"你想做什么生意?"

"这个嘛……"萨姆森喃喃道,身子前倾,温和地微笑。

"希望您能再考虑考虑,先生。"萨姆森·伍德说。

无名镇,又称查无此镇,又称第一镇,又称绝域镇(啥名字都有)的镇长,背靠在露营椅上说:"有规定。"

"不能改吗，先生？"

"不好说。你是指女人？"

"十二个就够了，市长先生。这地儿一个女人都没有，先生。大部分男人都已经在这里待四个月了，按理说……"

"伍德先生，你十分清楚，没有谁是来火星观光的。你也是来干活的，对吧？就是这个理。"

"难道不能把那些妇女也划归'劳工'吗，阁下？"

市长笑得快要流出泪来。"你赢了！可我要怎么跟留在地球上的妻眷解释？"

"她们离这儿六千万英里远呢，再说了，这里的男人一半都没结婚。合同里写得清清楚楚。"

"好吧，好吧！"市长大声回答，"明天我就发布招工启事，再招十几个劳工过来！"

"谢谢您，先生。"他们互相握手。

锤击的响声震天动地，人们疾步奔走，磨破小腿，砸伤拇指。城镇建起来了，像毒蕈子在春雨过后蓬勃生长。一切都弥漫着无比清新和鲜嫩的味道，所有东西的外表都干净、正统、合宜得令人惊异。

"把锤子跟钉子递给我，鲍勃。"

鲍勃·科伊站在梯子底下，将手伸向半空中的萨姆森·伍德先生。

"好嘞,现在把招牌递给我。"

一阵缓慢而有力的锤击声传来。萨姆森·伍德先生下了梯子,五人手握啤酒杯并肩站立,举杯灌入喉咙。暖黄的阳光下,他们的视线投向那块逐渐倾斜下坠的标牌:

围鹿沙龙

S. 伍德名下产业

舞女表演　娱乐

美食　精酿

就在这时,一艘火箭闪耀着尾焰飞过,运来满船的"劳工"。

"这地方还原度真高,萨姆森。"警长说。

他们坐在高高的阳台上,低头看那烟雾缭绕的酒吧。男人们在亮闪闪的吧台旁站成一排,臀部紧挨着臀部,右脚轻踏黄铜栏杆,冷峻的面容松弛下来,身后的水晶镜面映出执杯豪饮的酷帅形象,汗湿的背上反射着叮当作响的冰凌大吊灯,仿佛缀满宝石光华。角落里,啤酒直直顶起沫盖,斜戴绿眼罩的男人用指节粗大的手敲击泛黄的钢琴键。四张牌桌上纸牌飞旋,牌面与牌背交错,椅子拖过地面,人声时起时落。红色丝绒幕布背后,珐琅般晶莹的蓝眼睛眨巴着,舞女们已做好准备,在第一波鼓声响起之时,在台上绽开一团团丰润的雪白曲线与粉红轨迹。

"整个得克萨斯都在这儿了。"警长说,"我感觉自己好像二流电影里的角色,小时候会踏着步子模仿的那种。"

"整个得克萨斯、俄克拉何马、怀俄明、科罗拉多都在这儿了。"萨姆森·伍德说,"我不知道其他城镇会是什么样子,可能有的模仿布朗克斯,有的仿照巴伐利亚、瑞典,有的照抄伦敦吧,我猜。都需要时间。我们最先来。打头阵的总是来干活的,出逃的,还有硬汉。"

"骨子里的浪漫主义者。"警长评论道,"想想看,一直梦想扮演牛仔的人们终于有了机会。你做的这件事真是太伟大了,萨姆森,满足了巨大的需求。老天,那家酒吧,它像宝石一样无瑕,简直是从十九世纪直接搬过来的!"

"下周会有两打全新的蓝丝绒盖布送到。"萨姆森说着,轻轻抽一支又长又细的雪茄,一边捋他银白的小山羊胡,整理他那考究的马甲西装的鸽灰色翻领。他的灰色宽边牛仔帽放在桌上,银白的发绺气派地梳到粉红色耳背后面。"也添购了一批枝形吊灯,比那盏还漂亮!还有十几个姑娘要住进楼上房间。我赚下一座金山了,警长,觉得自己也像个该死的二流演员,但这种感觉很不错,上帝啊,没错,这就是我想要的,绝不会轻易撒手。世上谁还有机会重温历史?就是这儿了!历史画卷已经展开,私刑、偷牛,一个也不能少!老天,感觉真够爷们!"

"女人和教徒们很快就会抵达。"

"让他们来吧！怎么也还有几个小时。"萨姆森·伍德温和地唠叨个不停，"我们的地窖里满是一八七六年的红酒和烈酒，镇外有一座土坯牧场小屋，养了一群牛，造了辆大篷车，有老朋友和我一起忙活，他们还学会了弹吉他，你真该听我唱两句《跟上来，小狗狗》。警长，时代夺走了我们所有的浪漫。在我年轻的那个时代，扒不了货运火车，因为车皮的把手都给卸走了；也不能在公路上搭便车，因为每个州都颁布了法规明令禁止。作为一心想出逃的人，其实什么都做不了。而每个人早晚都会有那种念头，想要说走就走的轻装出行。我等待出逃时机已经很久了，其他人也是一样。现在，大家都梦想成真。瞧瞧下面那些人。瞧瞧我这地方，又漂亮又宽敞！"

警长注视着下方的喧腾与地狱之火。

再回头时，萨姆森·伍德已经死了。

一块厚重的方形雪松木上，苍劲洒脱地如实题写了他的姓名及铭文，居民们站在这里，男人脱下宽檐帽拿在手中，高筒靴踩在软泥地上，女人面容扑得粉白，眼睛上方美睫忽闪。众人聆听警长简短的发言：

"萨姆森·伍德，一生追寻旧日西部时光，并得偿所愿。他求新求变，并在多个方面付诸实践。他将为此地世世代代所铭记,因为今天他完成了从未有人做到的事迹。"

警长朝墓碑点了点头:

萨姆森·伍德

生于一九三五年,卒于二〇〇〇年

他秉持先驱精神

第一个以平民身份死于火星

葬于火星,悼于火星

唯愿安息

离开新建墓园的途中,一艘火箭迎面飞来,喷着骇人的火焰准备着陆。他们猜想着,上面是否载满了妻眷和牧师。

草莓玻璃窗

梦里，他关上前门，门上嵌有好多窗玻璃，草莓红的，柠檬黄的，云朵白的，乡间溪流般清透。二十几块玻璃呈方形排列在一块大玻璃周围，它们的颜色像果酒，像明胶，像清凉的冰。他记起小时候父亲将他高高抱起。"看！"透过绿色玻璃，世界呈现翡翠、青苔、夏薄荷的颜色。"看！"淡紫色玻璃映得所有路人脸色灰紫。最后是草莓红的玻璃，它永远让小镇沐浴在玫瑰色暖意之中，给世界铺上日出色泽的粉红地毯，把修剪过的草坪变得像波斯市场进口的织锦。草莓玻璃窗是最棒的，它治愈人们苍白的脸色，温暖冰冷的雨点，燃烧纷扬的二月飞雪。

"好棒，好棒！那边——！"

他醒了。

完全从梦里清醒之前，他听见孩子们在说话，而此刻他躺在黑暗中，聆听他们的话语声，低婉哀凄，好似风把白色海沙吹进蓝色山丘。随后，他记起来了。

我们在火星上，他思索着。

"怎么了？"他的妻子在睡梦中叫道。

他没意识到自己刚才说了梦话，尽量一动不动地躺着。但随即，他看见妻子起了床，款款行过房间，苍白的脸孔迎向拱顶板房高高的小窗，凝视明朗却陌生的星群。他心中涌起怪异的感觉，一种麻木的真实感。

"嘉莉。"他低声叫道。

她没听见。

"嘉莉，"他低声说，"有件事我想告诉你。算到如今一个月了，我一直想说……明天……明天早上，会有……"

而他妻子兀自坐在淡蓝星光下，没有看他。

要是太阳一直在天上该多好，他想，要是没有黑夜该多好。白天他要修建定居的城镇，孩子们要上学，嘉莉则要打扫卫生、料理花园、烧饭。可是太阳落山后，他们手上不再忙于养花、抡锤、钉钉、算术，记忆便插上夜鸟的翅膀，在黑暗中飞向故园。

他的妻子动了动，微微转头。

"鲍勃，"她终于说，"我想回家。"

"嘉莉！"

"这儿不是家。"她说。

他看见她眼眶湿润，盈满泪水。"嘉莉，再忍一忍。"

"我已经忍得让心上的刀子都扎进心窝了！"

她仿佛梦游一般，拉开斗柜抽屉，取出层层叠放的手帕、衬衫、内衣，全摆到柜顶上，看也不看，只凭十指摸索、拿取、放下。这套流程她早已烂熟于胸。她会说几句话，把东西取出来，呆呆站一会儿，然后把所有东西全收拾好，擦干脸颊，来到床上，返回梦乡。他真担心到某一天晚上，她会把所有抽屉清空，还要染指靠墙的几只旧手提箱。

"鲍勃……"她的声音并不哀怨，而是平静得毫无波澜，就像映照她手上动作的月光一样寡淡，"六个月了，那么多个夜晚，我总是这样抱怨，我很惭愧。你在镇上卖力建房，像你这么努力工作的男人，不值得成天听老婆唉声叹气。可是除了说出来以外，我毫无办法。我最思念的是那些小细节。怎么说呢——那些零碎的小事物，前门廊的秋千啦，夏夜的柳条摇椅啦；在俄亥俄的傍晚，望着路人步行或骑车经过；漆黑的跑调的立式钢琴；我的瑞典雕花玻璃；客厅家具——啊，像一群大象，我知道，全是旧家什。还有中国的水晶风铃，风一吹过叮当响。七月的夜晚，在前廊与邻居谈天。所有那些无厘头的傻事……本来都不起眼的，但是一到凌晨三点左右，脑子里好像就净是这些东西。对不起。"

"不必道歉，"他说，"火星毕竟地处偏远，整个气味怪怪的，地貌怪怪的，感觉也怪怪的。夜里我也会胡思乱想。咱们老家那个小镇多美啊。"

"它在春夏绿意盎然，"她说，"到了秋天就变得金黄火红。咱们的房子那么漂亮；啊呀，它很老了，快八九十年了吧。以前经常在晚上听到老房子自言自语，嘀嘀咕咕。所有那些干燥的木料，栏杆、前廊、窗台，不管摸到哪儿，都向你回话。每个房间声音都不一样。要是让整座房子一齐说话，那就像是一家人陪伴着你，在黑暗里哄你入睡。现在新修的这种房子，没有哪栋是那样的。一座住宅，得有多任住户辗转经手，住得久了，各方面才磨合得舒适。现在这地方，这个小屋子，它不知道我在里面，也不管我是死是活。它只会发出锡罐一样的声音，冷冰冰的。它没有孔隙，没法让岁月浸润进去。它没有地窖供你为明年后年预先储藏东西，也没有阁楼用来存放去年乃至你出生前漫长年月的纪念。这里只要有一点点熟悉的物件，鲍勃，那么再多的陌生也容得下；可要是全部东西，每一样东西都是陌生的，那要想和它们混熟，恐怕一辈子也做不到了。"

他在黑暗中点头。"你说的这些，我全都想过。"

她望着月光洒在靠墙的手提箱上。他看见她把手伸向下方的它们。

"嘉莉！"

"怎么了？"

他转身将腿搭在床沿外。"嘉莉，我做了件疯狂的蠢事。这几个月来，我天天听到你做可怕的梦，夜里孩子们也睡不安稳，风刮个不停，外头的火星，海床，整个环境，加上……"他止住话，咽了口唾沫，"希望你明白我做了什么，理解我那么做的原因。我们所有的银行存款，这十年来咱们存的所有钱，在一个月前，我全花光了。"

"鲍勃！"

"我把它们全抛下了，嘉莉，不骗你，我把它们全打了水漂。本来是想给你一个惊喜，可是现在，今晚，你这副样子，那些该死的手提箱全摆在地上，还有……"

"鲍勃，"她说着转过身来，"你的意思是，我们在火星上受这么多罪，每周省点余钱存起来，结果就只够你几个小时烧的？"

"怎么说呢，"他答道，"我真是个发了疯的傻子。瞧，天就快亮了。咱们起个早，我带你去镇上看看，我到底做了什么。我不想靠一张嘴说，想让你亲眼看一看。要还是不行的话，喏，那些手提箱一直都在，每个月也有四班火箭飞往地球。"

她没有动，只低声叨着："鲍勃，鲍勃……"

"别再说了。"他劝抚道。

"鲍勃，鲍勃……"她缓缓摇头，难以相信。他转身躺回自己那一侧的床上，而她坐在另一侧，看着斗柜上叠放整齐，正准备重新收好的手帕、珠宝、衣服。窗外月华浸染的风搅动了沉睡的尘埃，连空气也变得迷蒙。

她终于躺回来，再没说什么，身体冷冷地压在床上，紧盯着暗夜那幽深的隧道，探寻尽头那一丝黎明的踪影。

第一缕晨光照进来时，全家人起床了，悄无声息地在小小的拱顶板房内活动，就像出演一场冗长的哑剧，简直叫人耐不住沉默，想要尖叫出声。父母和孩子们洗漱、穿衣，安静地享用早餐，吃吐司，喝果汁、咖啡，相互间没有直接眼神交流，只在吐司机、玻璃器皿、刀叉的镜面表层观察彼此，看见一张张液化变形的脸，在清晨散发着格外强烈的异星气质。随后，他们终于打开板房的门，迎接新鲜空气，风从冰冷的蓝白色火星海床吹来，远方只有沙粒如潮汐涌动、平息，聚成空灵的图案。他们走到门外，在粗犷而凌厉的清寒天空下，迈步朝一座小镇走去，镇子看上去就像单纯的电影布景，架设在前方空旷的巨型舞台上。

"咱们这是去镇上哪里？"嘉莉问。

"火箭着陆场。"他回答，"但是，抵达那里之前，我有很多话要跟你们说。"

孩子们放慢脚步，来到父母身后，仔细听讲。做父亲的凝视前方，说话期间从头到尾没有看妻儿一眼，仿佛不关心实际的沟通效果。

"我对火星有信心。"他平静地开口，"我觉得自己内心相信，有一天它终将属于我们。我们要建好寓所，定居下来，而不是转身逃跑。去年刚刚抵达这里不久的一天，我突然就有了这种感受。我们为什么来？我自问。因为，我告诉自己，因为，鲑鱼年年都是这么做的。鲑鱼不知道自己为什么洄游，但还是义无反顾地向目的地进发，循着它们并不记得的江河溪涧，逆流而上，越过瀑布，终于抵达终点，繁殖，死去，如此一代代周而复始。你可以称之为种族记忆或本能，或是无谓的折腾，但自然界就是存在那种现象，而我们也存在于这里。"

他们在寂静的清晨前行，接受广阔天穹的注目。沙子散落在脚边新修的公路表面，有着奇异的碧蓝与蒸汽般的洁白。

"接着说，我们存在于这里。火星往外，又是哪儿？木星、海王星、冥王星，再往外呢？对，出太阳系了。出去干吗？总有一天，太阳会像漏油的熔炉一样爆炸。砰——地球没了。但火星也许不会受损；就算火星损毁了，冥王星也可能毫发无伤；再退一步讲，假如冥王星损毁了，那我们，我们的子孙，又将何在？"

他神情坚定，仰望那无瑕的紫红天穹。

"啊，那我们可能会在某个只有编号的星球上：97恒星系6号行星，99星系2号行星之类的！距这里远得离谱，只在噩梦里才会出现的地方！人类早晚得离开，明白吗，离得远远的，才能避难！我就这么想着，啊，啊，那才是我们来火星的原因，那才是人们发射火箭的目的。"

"鲍勃——"

"听我说完。目的不是为了挣钱，不是；也不是为了观光，不是。那些冠冕堂皇的理由，都是自欺欺人的谎言。人们说，要追名逐利；人们说，要尽情玩乐。但与此同时，内心总有一种节律在滴答作响，一如鲑鱼或者鲸，或者，啊，上帝，或者你能命名的最小微生物。所有生物体内滴答个不停的小小钟表，你知道它在说什么吗？它说，去远方，散播出去，往外迁徙，奋勇前行。跑去诸多星球，修建诸多城镇，于是人类终究免于灭亡。你明白吗，嘉莉？我们来到火星，不只代表自己，更代表整个种族，该死的人类全体，都有赖于我们今生的进展。这愿景宏大得让人发笑，也唬得人不敢动弹。"

他感觉到孩子们稳步走在身后，感觉到嘉莉就在身旁，他想看看她的脸，看看她有几分接受自己的观点，却没有转头。

"小时候，我家的播种机坏了，又没钱修理，我跟爸爸就走到田野中间，手动播撒种子。当前的情形跟那时没有不同，必须想办法按时播种，后续才能长出庄稼。那我问你，嘉莉，为什么你会对周日增刊的文章——《百万年后地球即将封冻》——念念不忘？小时候我有一次读到这种文章，难过得嚎啕大哭。我妈问我为什么哭，我说，我为将来那些可怜的人类哭泣。我妈叫我不必担心他们。但是，嘉莉，我的观点恰恰是：我们就是会为人类的将来担心，否则咱们就不会来这里了。人类群体能否持续生存，这一点至关重要。在我的字典里，排首位的就是作为整体的人类。当然，这种观念有失偏颇，因为我自己就是人类的一员。人们总爱谈论如何获得永生，其实人类永续不灭的方法，正是向宇宙扩张——广泛播种，如此一来，个别地区的歉收才不至于影响整体收成。就算地球发生锈病或者饥荒，也照样可以在金星或者人类数千年后定居的不管什么行星上收获新麦。我相当热衷于这个念头，嘉莉，简直痴迷。终于想通这一点的时候，我激动得就想立马抓着旁人，抓着你，抓着孩子们细细说道说道。不过，啊，我也知道没有那个必要。我知道，到了某个白天或者晚上，你们也会听到内心的滴答声，然后明白这一切，不需要再有谁来赘述这个道理。我知道这话很空泛，嘉莉，对于一个身高不足五英尺五的人来说尤其空泛，但全是我肺腑之言，苍天可鉴。"

他们穿过镇上荒凉的街道，脚步声在耳畔回响。

"今早干吗来了？"嘉莉说。

"今早我想清楚了。"他说，"我也有几分想回家，但心里又有个小人说，要是回去的话，只会失去一切。于是我思索，我们最放不下的是什么？是曾经拥有的一些东西，孩子们的东西，你的东西，我的东西。我又想，要是新东西都得靠旧的来过渡，那何必费事呢，用旧的不就得了。我记得史书上说，一千年前的人们会把木炭塞进掏空的牛角，每天吹一吹，像这样携带火种四处迁徙，每晚利用早晨留下的余烬生火。每晚的火都是新的，但总有旧的火种在里面。所以我权衡过后，想了个折中方案。过往值得我们散尽家财吗？不！存在价值的，只是我们在过往留下的痕迹。那么，未来又是否值得倾尽所有？我自问，你愿不愿意赌上下周后半周的日子？愿意！我告诉自己。只要能压下这个老让我们想回地球的冲动，我愿意把钱浸饱柴油，再划一根火柴！"

嘉莉和两个儿子止住脚步。他们站在街上，看着鲍勃，仿佛他是一场过境的风暴，逗留期间险些将他们刮上天，但现在风力正逐渐减弱。

"货运火箭今早到港。"他轻声说，"咱们的包裹都在上面，一起去取吧。"

他们慢慢踏上三级台阶，进入火箭着陆场，穿过回音缭绕的地面，走向大门刚刚滑开、即将开始营业的货仓。

"再讲讲鲑鱼的故事吧。"一个男孩说。

上午天气和暖，他们租了辆卡车开出镇外，车上满载着大大小小的箱子和包裹，有的长有的短，有的高有的扁，全都贴有编号，收件人清楚地写着火星新托雷多镇的罗伯特·普伦蒂斯。

他们把卡车停在拱顶板房旁边，孩子们跳下车，扶母亲下来。鲍勃在驾驶座上坐了一会儿，然后也慢慢下车，走到后面，望着车厢里的板条箱。

中午时分，只剩最后一个箱子没有拆开，其余箱子里的东西已悉数摆上海床，一家人站在它们中间。

"嘉莉……"

他领着她踏上古旧的门廊台阶，这些木阶现已拆箱，搭在小镇边缘。

"听听它们的声音，嘉莉。"

台阶嘎吱响着，在脚下低语。

"它们在说什么，告诉我，它们在说什么？"

她站在古老木台阶上，平复着心绪，缄口不言。

他大手一挥。"前廊修在这里，那边是客厅、餐厅、厨房、三间卧室。以新建为主，少部分材料沿用旧的。当然，现在咱们这儿只有前门台阶和一些客厅家具，还有旧床。"

"那么多钱哪，鲍勃！"

他微笑着转身。"你没有生气，亲爱的，看着我！你没有生气！一切都要原样布置起来，明年，甚至花上五年！这些雕花玻璃花瓶，还有那块亚美尼亚地毯，是你母亲在一九七五年送我们的！就算太阳爆炸又如何！"

他们依次察看其他板条箱，上面贴有编号和标签：前门廊秋千、前门廊柳条摇椅、中国水晶风铃……

"我可以自己吹动它们，听听响声。"

随后，他们把嵌有小块彩色玻璃的前门安装到楼梯顶上，嘉莉透过草莓色的小窗向外看去。

"都看到了什么？"

其实他知晓她的所见，因为他也将视线投向了彩色玻璃。窗外的火星，那冰冷的天空有了暖意，干涸的海洋色彩鲜明，山丘好似草莓刨冰，沙子如同燃烧的炭粒随风飘散。草莓玻璃窗，草莓玻璃窗，将柔和的玫瑰色吹向大地，让眼睛和心灵盈满永恒晨曦的光明。他躬身望着窗外，情不自禁地说：

"到明年，小镇建成，就会是这副模样：这里将有一条阴凉街道，你会拥有门廊，会有朋友登门拜访。到时候，你就不再那么依赖这东西了。但是，可以从这儿开始，从这个小东西开始，见证你熟悉的范围逐渐扩宽，见证火星的改变，你会重新认识它，好像从一出生就认识它一样。"

他跑下台阶，来到最后那个仍未拆开帆布包装的板条箱前，用小刀在布上割开一个口子。"猜一猜！"他说。

"是我的厨灶？或者缝纫机？"

"再等一万年也不会有的。"他笑得非常温柔，"为我唱支歌吧。"他说。

"鲍勃,你简直是脑筋搭错了。"

"为我唱一首歌吧,一首值得用我们已灰飞烟灭的所有银行存款交换的歌,用它冲破地狱!"他说。

"我只会唱《吉娜维芙,亲爱的吉娜维芙》!"

"就唱那首。"他说。

可她无法开口唱出来。他看见她嘴唇翕张,努力尝试,却没有发出声音。

他把帆布裂口扯得更大,将手伸进板条箱里,摸索一阵,自己也唱起歌打发沉寂。最后,他的手停止瞎摸,一段清晰的钢琴和弦在清晨的空气中迸发。

"好嘞,"他说,"咱们一气儿唱到最后。各位!下面请欣赏和声。"

轮 子

他们一路高歌。他们唱《约书亚[①]看见轮子》,唱《去吧,摩西》,唱了很多其他歌曲。他们唱起各种各样的歌,结果错过了火星。

他们错过了火星,飞出去老远,又折返回来找它,却再次错过,转而想寻找地球,结果也错过了地球,最终在金星登陆。金星是一颗湿热的丛林星球,往土里播下种子,一小时就能发芽生长;那里不需要住房,只需要有一个顶棚,抵挡炎热和雨水。于是那些黑人在金星住下,从此再也没有人知道他们的消息。他们安居乐业。

---

① 此处保留作者原文。《圣经》中看见轮子的人物是以西结。《圣经·旧约·以西结书》中描述了高而可畏的轮子的异象,被认为是对不明飞行物的早期记载。

爱恋

整个上午，清澈的空气中弥漫着香味，来自新割的谷物，或青草，或鲜花，西奥不知是哪一种，也分辨不出。他要离开秘密山洞，走下山坡，仰起漂亮的头转向左右，极目眺望，微风徐徐吹来，令他周围漾起一股甜味。这个春季仿佛洋溢着秋天的气息。他寻找磐石下方簇拥的深色花朵，翻了个遍，却一无所获。他搜寻草的踪迹，每年春天仅用短短一周快速席卷火星的绿潮。然而，这片土地仍旧是白骨与乱石，还有血的颜色。

西奥皱着眉头回到山洞。他凝望天空，看见地球人的火箭映照在远方，靠近建设中的新城镇。有时，他会趁夜乘船静静地沿运河顺流而下，把船停靠在隐蔽的地方，然后双手双腿轻声划水，游到新镇边缘，观察那里的人们抡锤、钉钉、刷漆，号子喊到深夜，热火朝天地在这颗星球上修建一个奇怪的东西。他会聆听他们古怪的语言并努力理解，观察火箭尾端聚起壮丽宽广的火焰，轰响着飞向群星。不可思议的人群。随后，依然幸存、没有染病的西奥，会独自回到山洞。有时，他会在山间行走无数英里，寻找躲藏的同胞谈谈心，如今他的民族只剩少数男人，女人则更为稀少，他也养成了离群索居的习惯，独来独往，思索他的族人最终覆亡的命运。他不怪地球人，那场灾难只是偶然，疫病烧死了他睡梦中的父母，也烧死了无数孩子的父母。

他再次嗅嗅空气。异香扑鼻。多种鲜花与绿苔混合的馨香弥漫在风中。

"什么味道？"他眯起金黄的眼睛，望向四方。

他个头很高，仍是个孩子，尽管十八季夏日拉长了他手臂的肌肉，双腿也同样修长，源于每个夏季在运河中泅游，在炽热的干涸海床上肆意奔跑，隐蔽，再奔跑，再迅速隐蔽，手持银笼巡过漫漫山野，带回暗猎花及火蜥蜴添肉增肌。他的人生似乎除了游泳就是狂奔，年轻人往往以这样的方式消耗自身精力与热情，直到结婚以后，很快便由女人代替山川应对他们的撒野。他钟情于长途户外，迈入成熟的年纪比多数男性都晚，当众多同龄男子已乘着细长的船，身畔伴着侧影宛如浅浮雕的女人，沿日渐干涸的运河顺流而下时，西奥还在山野间蹦跳和奔跑，多数时间独自一人，常常自言自语。他害得父母担忧，惹得女人心死，自他十四岁生日那一刻起，她们便看着他的身姿一天天变得帅气挺拔，却只能互相点点头，眼看着日历翻过一年又一年……

自从外族与疾疫入侵以来，他的节奏变得迟滞。他的宇宙湮没在死亡之中。以木锯和铁锤建造而成、新近粉刷的城镇，是疾病的携带者。即使在梦中，死亡的沉重也压在他的心口，他常常哭着醒来，双手抓向虚无的黑夜。父母都已离世，他应当寻找一位特别的朋友，寻求抚慰，寻求爱恋，如今正该如此，或者说，早该如此。

风打着旋，散播那鲜明的香味。西奥深深吸入一口，感觉肌肤也温暖起来。

随后传来一个声音，像是小型管弦乐队在演奏。音乐穿过狭窄的石头山谷飘上来，传到他的山洞。

大约半英里外，一缕轻烟袅袅升向天空。下方，古运河畔矗立着一座小房子，那是一年前地球人为考古队建造的，已经废弃了。西奥曾几度偷偷前去窥探它空荡荡的房间，但没有进门，害怕沾染到黑热的疫病。

音乐正是从那所房子里传出。

"那么小的房子里竟有一整支管弦乐队？"他诧异道，迎着午后初阳，无声无息地跑过山谷。

房屋看上去空无一人，窗户敞开，音乐从中倾泻而出。西奥手足无措地在岩石间走动，花了半小时才找到一处距那吵闹恐怖屋三十码以内的好地方，匍匐在地，紧靠运河。万一出什么事，他可以立马跳进水里，让急流将他迅速冲回山中。

乐声起，轰然撞上岩石，在炎热空气中嗡鸣，在他骨头里回响。震颤的屋顶抖落尘埃，木材上一片片漆皮剥落，像温柔的暴风雪。

西奥跳起来，后退稍许。屋里看不见什么管弦乐队，只有花团锦簇的窗帘。前门敞开着。

音乐停止，又从头演奏。同一支曲调重复了十遍。诱惑他离开石居下山的那种香味在这里变得格外浓郁，像清水拂过他汗涔涔的脸。

最后，他忽而起身冲到窗前，往里看去。

一张矮桌上，棕色的机器闪闪发光。机器里，一根银针轻触旋转的黑色圆盘。管弦乐声震耳欲聋！西奥盯着这个奇怪的装置。

音乐暂停了。在那只有"咝咝"轻响的安静间隙，他听见脚步声。他连忙跑开，一头扎进运河。

潜到清凉水下，躺在水底，屏住呼吸，等待。那是不是陷阱，故意诱他下山，好抓住他杀掉？

滴答滴答，一分钟过去，气泡从他鼻孔冒出。他动了动，慢慢上浮，朝向头顶那玻璃一般的水世界。

他游在水中，透过清凉碧绿的水流望见上方的她。

她的脸犹如一块洁白的石头。

他停止动作，纹丝不动，将她的姿容收入眼里。他屏息一段时间，随着水流慢慢地、缓缓地漂走。她花容月貌，她自地球而来，她乘坐的火箭灼焦了大地，烘干了空气，她白得像一块石头。

运河水携卷着他回到山间。他浑身湿淋淋地爬出水面。

她真美。他想着,坐在运河边缘,大口喘气。他的胸腔紧紧收缩,脸上发烫。他看着双手。是不是已经染上黑热病了?难道光是看她一眼,就会得病吗?

刚才她俯下身来的时候,他想,我就该冲出水面,两手箍紧她的喉咙。她杀了我们。她杀了我们。他看见了她雪白的脖颈,雪白的肩膀。多么奇异的颜色,他想。但是,不对,他又想,杀死我们的不是她,是那疫病。她是这般洁白,怎可能暗藏黑热?

"她看见我了吗?"他站起身,让阳光晒干身上的水珠。他一手按住胸口,棕色的修长的手。他感觉心跳很快。"啊,"他说,"我看见她了!"

他不紧不慢地走回山洞。山下的房子里音乐依旧喧响,像一场自娱自乐的庆典。

他未发一言,笃定地收拾起什物,只拣选精要的几样。他把磷光粉笔、食物和几本书丢到一块布上,四角收起绑紧。他看见双手在颤抖。他把手翻过来,瞪大眼睛盯着手指肚,然后迅速起身,小包袱夹在腋下,走出山洞,启程前往峡谷,远离音乐和浓烈的香气。

他没有回头。

此时太阳渐渐西沉,他感觉影子跑到了后面,逗留在他本该逗留的地方。离开自小常居的山洞,感觉并不好受。他已在那里发展了十几种爱好,培养了上百种品味。他凿了块空心岩石做炉子,每天给自己烤制新鲜的蛋糕,口感一流,风味多样。他在山间开辟了一小块田地种粮食吃,自酿清澈的起泡酒。他创制了乐器,银刺笛和小竖琴。他写歌。他制作小椅子,自己纺布做衣服。他在洞壁上用深红与钴蓝的磷光粉笔绘画,图案极其细致华丽,在漫漫长夜中荧荧闪光。他经常阅读自己十五岁时写的一本诗集,他的父母也曾冷静而自豪地向少数亲友朗读。山洞,他的小小艺术品,是一个美好的存在。

　　夕阳落山时,他抵达山口关隘的高处。音乐没了踪影,香气也没了踪影。他叹口气,坐下来休息片刻,稍后继续翻山越岭。他闭上眼睛。

　　洁白的脸俯下来,穿过碧水。

　　他将十指蒙上紧闭的双眼,悉心感受。

　　雪白的臂膀在汹涌的浪潮间挥舞。

　　他猛然起身,抓起那包纪念品,准备加紧离开。这时,风向变了。

　　轻轻地,渺渺地,传来音乐。无数英里外疯狂炸裂的音乐,掺杂着金属声。

　　隐隐地,香水的余味飘逸到岩石间。

双月升起。西奥转身，找到返回山洞的路。

寒冷的山洞恍如外星。他生起火，吃了顿简餐，面包搭配苔藓石上结的野果。才离开这么一会儿，山洞就已经变得冰冷难耐了。他的呼吸在洞壁上隐隐传来回声，听上去有些诡异。

他灭了火，躺下睡觉。此时有一道微弱的光柱照上洞壁。他知道，这束光自河畔房屋的窗口射出，穿越半英里的距离抵达山间。他闭上眼，光芒仍在视网膜停留。不是看见光芒，就是听见音乐，或者闻到花香；他发觉自己总与这无可捉摸的三者之一纠缠不清。

午夜，他站在山洞外。

山谷里的房子黄灯长明，像个发光的玩具。他似乎看见一个人影在窗前跳舞。

"我得下山杀了她。"他自言自语，"这才是我返回山洞的目的。杀了她，埋掉。"

迷迷糊糊快睡着时，他听见一个飘渺的声音说："你这个大话王。"他没有睁开眼睛。

她一人独居。第二天，他看见她在山麓散步。第三天，她在运河里游泳，游了几个小时。第四天和第五天，西奥接连下山，逐渐接近那座房子，直到第六天日落时分，黑暗笼罩下来时，他站在窗外，观察住在里面的女人。

她坐在桌旁，桌上立着二十根红色小铜管。她往脸上拍了一层看上去很清凉的白霜，把整个脸覆盖起来，又用纸巾擦净，丢进篮子里。她用一根铜管蹭蹭宽厚的嘴唇，试了试颜色，双唇抿到一起，擦干净，涂上另一种颜色，又擦干净，再试第三种，第五种，第九种颜色，给脸上也轻抹红晕，然后用银色小镊子拔眉毛。她用妙不可言的装置卷起头发，擦亮指甲，唱着一首悦耳又奇异的外星歌曲，以她本族语言写成的歌曲，原版一定非常动听。她哼着歌，高高的鞋跟在硬木地板上敲得当当响。她洁白的躯体一丝不挂，唱着歌在房间里走来走去，或者仰躺在床上，头悬在床边，黄色长发如同火焰铺散到地上。她把一支燃着火的小筒放在红唇间，闭上眼，吮吸，烟雾聚起长长的丝缕，从她细巧的鼻孔与慵懒的唇间慢慢流出，在空中塑成巨大的幽灵形体。西奥浑身颤抖。精魂。奇异的精魂，孕生自她的口中。如此漫不经心，如此轻而易举。都不用看一眼，她就创造了这一切。

她起身，双脚"啪"地踩上硬木地板。她又唱起歌，转起圈。她仰头高歌，打着响指，张开双臂，像飞鸟一样独自舞蹈，鞋跟压得地板吱吱响。旋转。旋转。

外星的歌曲。他多希望能听懂。他多希望自己也拥有一部分族人通常拥有的能力，能即时进行思维投射，阅读、理解、阐释异乡的语言和思想。他努力尝试一番，仍旧一片空白。她继续唱着那首优美的、不知名的、一个字也听不懂的歌：

"没有对不起你，只是把爱深存心底……"

望着她那充满地球风情的身体，充满地球风情的美貌，由内而外的异域风韵，来自数百万英里之外，他有些晕眩，双手起了潮汗，眼皮也不懂事地跳起来。

一阵铃声响起。

她过来了，拿起一个奇怪的黑色仪器，其功能与西奥族人的类似装置并无不同。

"喂，珍妮丝？天哪，能跟你说说话真是太好了！"

西奥不禁微笑。她正在和遥远的城镇通话，那声音令人心尖乱颤。她具体说了些什么？

"天啊，珍妮丝，你送我来的这地方偏僻得要命。我知道，亲爱的，度假嘛。可是这里方圆六十英里屁都没有一个。我只能打打单人扑克，要不就在该死的运河里游个泳。"

黑色机器嗡嗡响着答复她。

"我受够这里了，珍妮丝。我知道，我知道。教堂嘛。那些人要来这个地方，可真他妈的无奈。本来一切都好好的。我想知道的是，什么时候重新开放？"

多可爱啊，西奥想，优雅得无与伦比。他站在她敞开的窗外，隐身于夜色中，凝望她惊为天人的脸庞与身体。她们在聊什么？艺术？文学？音乐？没错，音乐，因为她在唱歌，一直在唱歌。她的音乐很古怪，但谁又能奢望自己理解另一颗星球的音乐，以及习俗、语言、文学？只能凭直觉判断，旧观念都得抛到一边。必须承认，她的美并不符合火星人的美。他那个濒临灭绝的种族，美在柔和纤瘦、棕色肌肤，他母亲就生有金黄的眼睛和纤细的腰身。而这里，这个独自在荒漠中歌唱的女人，骨架更大，胸部饱满，腰身浑圆，那双腿，是啊，像白色的焰火，她还有裸露身体的奇异习俗，只趿着一双鞋跟"当当"响的奇特拖鞋走来走去。但是，所有地球女人都是那样，对吧？他点点头。你要理解。他眼前浮现出那颗遥远星球上的一群女人，披着金发，裸露丰满的身材，鞋声当当。她还会用嘴和鼻孔施魔法，幽灵和精魂以烟雾形态从唇间送出。她必然是富有想象的驭火魔法生物，以聪慧头脑凭空塑出形体。若非思维清晰的纯粹天才，有谁能饮下苍灰与樱桃红的火光，再从鼻孔喷出繁复而华丽的完美结构？天才！艺术家！造物者！那是怎么做到的，需要学习多少年才能做到？要怎么规划时间？她的存在令他忘乎所以。他觉得一定要大声求她："教教我吧！"但又害怕，感觉自己像个小孩。他看到烟雾的形状、线条，打着旋儿飘向无穷远处。她在这里，在荒野中，独自一人，在绝对安定、无人旁观的环境下创作她的奇思妙想。你不能打扰创作者、作家、画家。你该自觉退后，思而不语。

多么奇异的种族！他想，在那个炽热的绿色星球上，所有女人都是这样热爱音乐的驭火的灵魂吗？她们在喧闹的房子里行走时，是否也脱得精光，叫人羞于直视？

"我得好好看看，"他几乎不出声地说，"我得好好学学。"他感觉双手不自觉地扭紧，渴望触摸。他想要她为他歌唱，为他凭空构筑艺术的碎片，教导他，向他讲述那个相距甚远的星球，那里的书籍和美妙的音乐……

"天哪，珍妮丝，还要多久？其他女生呢？其他城镇呢？"

电话嗡嗡作响，像一只昆虫。

"全关闭了吗？整个该死的星球上，一个都没了？肯定有一处的吧！你要是不尽快给我找个地方，我就会……！"

这是全然陌生的景象。他好像头一次见到女人似的，她微微仰头的姿态，她那涂了红指甲的双手挥动的模样，无不新奇特别。她跷起白皙的腿，身体前倾，一只手肘撑在光洁的膝盖上，鼻间召唤精灵，呼出。她一边说着话，一边眯眼望向窗外，是的，视线对准了站在阴影中的他，却仿佛穿透一片虚无。啊，要是她知道他就在眼前，会怎么做？

"谁？我？害怕一个人住这里？"

她大笑，西奥也在月色朦胧的黑暗中发出节奏鲜明的笑声。啊，她那异星的笑容多么美丽，她的头向后仰起，神秘云雾从鼻孔喷出,翻涌成各式形状。

他连忙转身离开窗前,大喘粗气。

"是啊!当然!"

她此时言说的,是哪些关于生活、音乐、诗歌的隽美雅词?

"啊,珍妮丝,谁怕什么火星人呢?他们还剩多少,十几个,二十几个?排好队,齐步走,这样吗?没错!"

她的笑声随之响起,而他磕磕绊绊地摸黑走过她家拐角,在杂乱的瓶子中间打了个趔趄。他闭上眼,她那泛着荧光的皮肤轮廓仍浮现在脑海,幻影从她吞云吐雾、呼风唤雨的魔法唇舌之间跃出。啊,他需要翻译!啊,上天,他需要听懂。听!那个词是什么,那个呢?还有,对,接下来,那个呢?她是否在身后呼唤他?不对。那是他的名字吗?

他回山洞吃了些东西,尽管他不饿。

他在洞口坐了一个小时,双月升起,掠过清寒的天空,他看见自己的呼吸在空中凝成白雾,仿若幽灵,恰似她脸颊周围缭绕的火热的沉默。她口吐珠玑,滔滔不绝,他隐约听见她的声音传到山上,逗留在岩石间,他能闻到她的气息,暗含烟雾袅袅的期许,来自她口中带有体温的词语。

最后他想,我要下山,我要轻轻和她说话,每晚都和她说话，直到她理解我的语言，我也懂得她的话语，然后带她一起回到山里，我们对彼此称心如意。我要向她讲述族人的故事，向她倾诉我的孤独，这么多个夜晚，我是怎样默默欣赏她，听她轻言软语……

可是……她代表着死亡。

他不禁发抖。这句话，这个念头，挥之不去。

他一时竟然忘了！

只要摸一下她的手、她的脸，几小时后，最晚一周后，他就将枯萎、变色，陷入层层叠叠的墨黑褶皱，化作灰烬，像漆黑的枯叶碎片，风一吹就四散翻飞。

一触即至的……死亡。

但他又继续想：她独自生活，远离其余的族人，一定是坚持自己的想法，刻意与他们分开。如此看来，我们岂不是同类吗？况且，她既然不在镇上，也许并不携带死亡……？没错！很有可能！

若能与她共度一日、一周、一月，与她一同在运河里游泳，在山间漫步，听她吟唱那奇怪的歌曲，而他也翻开竖琴般的古书，以书声与她相和，那该多么美好！莫不是付出什么都值得，付出一切也值得？岂不闻，无有伴侣，不如归去，那么，考虑考虑下方小屋里暖黄的灯火吧。一位美人，一位制造幽灵的魔法师，口鼻周围精魂缭绕。若要与她相处一个月，真正理解她，这个风险并非不值得吧？假如死亡来临……那该多么美好又新奇啊！

他站起身，走动几步，在山洞壁龛里点燃一支蜡烛，父母的肖像在烛火下跳动。山洞外，深色的花朵等待着黎明，它们将在翌晨颤动着绽放，她将来到山上看见它们，照料它们，与他一道在山间散步。现在双月已经隐没，他得启用特殊的夜视能力才能看清路途。

他潜心聆听。下方的夜色中，音乐正在演奏。下方的黑暗中，她的声音诉说着跨越时光的奇迹。下方的阴影中，她的肉体炽热莹亮，幽灵在她头顶周围舞蹈。

他即刻行动。

当晚九点四十五分整，她听见前门响起轻轻的敲击声。

联 姻

火星八月的一个美好夜晚。双月尽洒银辉，驱走黑暗，温暖天空中繁星点点，真是绝妙的婚礼之夜。

塞缪尔·佩斯先生停下来，耐心地擦拭鞋面，然后走到窗前，俯瞰这座古老火星住宅的露天庭院。四处点燃了火把，闪耀着蓝色火光，时而泛一点绿，时而带一丝红。一桌桌佳肴在火光照耀下摇曳，银盘光华舞动，水晶桶里的美酒熠熠闪光，等待宾客来临。空气中弥漫着火把的木头香气，混合着鲜花的芳香，那花采摘自火星最遥远的山间。

"几点了？"塞缪尔·佩斯先生问。

"才五分钟你都问三次了。现在是七点五十五分。"伴郎托马斯·奎因对他笑道。

"客人还没到吗？"

"都会来的，别担心。"

"艾尔塔准备好了吗？"

"当然，当然，冷静一点。"

"希望一切顺利。"

"会的。看！"

一艘巨大的火箭飞船在空中绽放出壮观的火焰,随后停靠在庭院外。身穿银色制服的太空舰队队员从飞船上下来。他们朝窗前的佩斯挥手,大声喊叫,但他一个字也听不见。

"啊,总算现身了。"他说。

"你知道他们会来的。"

"是吗?来看我娶一位火星女人,与原住民联姻?我什么都不敢奢望。"

"现在都来了,就别忧心了。"

他走到镜子前照了照。他身穿太空舰队上尉的蓝色制服,纯银纽扣与黑色靴子光洁锃亮,左胸佩戴星形勋章。他掸去肩膀上的线屑,说:"好的。我准备好了。"

"我去通知艾尔塔。"

婚礼结束后,将有一场震撼表演。火箭以七种编队飞过,拉出长长的粉红、金黄、赤红、苍蓝的尾焰,如道道河流横亘天空,接着消散开来,像燃烧的墨迹溶入一杯清水,把夜空染得五颜六色。他们仰起的脸也将涂上金黄和银灰,疲惫的眼里燃起光华,感受到那些银色火炉掠过天空时散发出不可思议的热量。

随后,艾尔塔的亲友将携带竖琴载歌载舞而来,他们的琴可以发出人声,唱出一万年来婚礼的歌曲,而其他乐器宛如林间清风,由水晶和金属箔组合而成,它的节奏会让女宾情不自禁地拿起小铃铛,戴着蓝铜网格面具,随之舞蹈。

他急忙敲她的门。

"艾尔塔,是我。"

门猛然打开,她扑进他怀里,惧怕不已。"他们不会来的,他们不会来了。"她哭起来,令他有些手足无措,只好抱着她,等待她的宣泄。"我们就不该策划这场婚礼,也不该结婚,谁都不看好我们。我的族人,你的族人,分属两个不同的世界,等日子久了,我们也会相看两生厌。"

他将她抱得更紧了些。"让世俗眼光见鬼去吧。咱们不需要任何人的许可。不是都说好了吗?"

"我知道,我知道。"她仰起脸,金色的眼眸看着他,脸颊上的泪水滑落,"我不介意的。我只是觉得他们不会来。"

"我也那么想过。但是,你瞧——火箭把人都载来了,现在,你的亲友团也到了。"

婚礼进行到一半,女方亲友化作迷雾消失了。原来都是障眼法,他们并不同意这场联姻。

又有一次,他们去地球上参加聚会,进行到一半的时候发现,所有宾客,还有主人家夫妻两个,全是机器人!

她思念火星。

他思念地球。

那天他在火星上一条凛冽清澈的小溪里钓鱼，独自度过宁静的周末。他一向享受这样的假期，有蓝天、陆地、钓竿做伴，渔线轮呼呼转动，扬手撒网捕捉火星上古怪的鱼。不经意间抬起头，恰好和眼前的女子四目相对。她的眼眸好似金币，小时候祖父送他的那种金币，自黄金禁止个人持有后偷偷私藏下来的。那些金币依然揣在他口袋里，那是他和已故祖父之间的秘密，暗地里与政府抗争的小举动。那双金币般的眼睛镶嵌在女子脸上，映衬着抿成一条线、半含笑意的粉红嘴唇，挺拔的身姿，铜丝黄的头发，牛奶白的肌肤，皮肤也略带几分熔金的色泽。

他手握鱼竿站着，向她搭讪："你好。"

她回答："我是火星人，艾尔塔。"

"你好，艾尔塔。"

"你在干什么？"

"抓鱼。"

"你的办法好奇怪啊，我们都是直接把鱼唤过来。"

他只是笑。

"你不信？"她说。

"对，我不信。"

"喔，那好吧。"她唤了几声，鱼群纷纷游来。

不论你哪天购票登上银色火箭前往火星，半道上一定会发现一颗小小星球，在绿地球与红火星之间的漆黑太空中摇摆。那颗小星球上的山峦一半是碧绿，一半是赤红；那里的河流一半是蔚蓝，一半是酒红；那里的树木一半是榆树，一半红叶似火；那里半数的孩子们生有碧蓝的眼睛，半数的眼眸黄似熔金。你会见到一座房屋，一半是美式现代风格，一半是火星式水晶外墙，到了中午，屋里会传出电子收音机和竖琴的歌声。透过窗户，你可以看到塞缪尔·佩斯先生和他的妻子艾尔塔，笑着遥望孩子们在远方的火星草地奔跑追逐，草地上点缀着堪萨斯向日葵。

而你继续前往火星，将地火之间的他们抛在身后。

失落的火星之城

巨眼飘浮在太空中。巨眼背后的某处有一只小眼，隐身于金属与机械之间，它属于一个观测者，情不自禁地望向数不胜数的繁星，以及亿兆英里之外光源的明灭。

小眼疲惫地闭上。约翰·怀尔德机长手扶探测宇宙的望远镜装置，静立良久，终于低声开口："哪一个？"

身旁的天文学家说："你选吧。"

"要是那么简单就好了。"怀尔德睁开眼睛，"这颗恒星的数据如何？"

"天鹅座 α-II 型变星。大小和读数都和我们的太阳相同，可能存在行星系统。"

"有可能，但不确定。如果选错了恒星，全舰的人就将被送上两百年的航程，寻找一颗或许并不存在的行星，愿上帝保佑他们。不，愿上帝保佑我，因为最终选择将由我做出，而我可能亲手将自己送上那趟航程。那么，怎样才能确认？"

"没法确认。我们能做的，只是尽量精确估算，派出星舰，然后祈祷。"

"你不大会鼓励人啊。就这样吧，我累了。"

怀尔德轻触开关，巨眼随之紧闭。这个由火箭提供动力的空间望远镜冷冷望向深渊，见之甚多而知之甚少，此刻则一无所知。火箭实验室隐遁无形，在无尽黑夜中飘荡。

"回家了，"机长说，"咱们回家了。"

随缘追逐群星的流浪火箭喷出一束火焰，旋转方向，离开。

从上方看去，火星的边境城市非常漂亮。怀尔德准备着陆，随着飞行高度降低，他看见碧蓝山间的霓虹灯，心想，我们将点亮十亿英里外的星球，而此刻生活在那些灯光下的人们，我们将予其后代以永生。很简单，只要我们扎根下来，他们就能长生不死。

长生不死。火箭着陆。长生不死。

边境小城吹来的风带着油脂味。不知什么地方，一台带铝质唱针的点唱机响声嘹亮。火箭港旁边，一座垃圾场锈迹斑斑。着陆场上风声肆虐，旧报纸独自舞蹈。

怀尔德呆立在火箭塔升降机顶部，突然打起了退堂鼓。他脑海中的灯火骤然变化成活生生的人，不再是那些可以故作轻松应对的巨幅文字。

他叹了口气。待运送的人们太过沉重，星辰则太过渺远。

"机长？"身后有人提醒。

他向前走去。升降机承载不住，伴着无声的尖啸，他们沉向一片无比真实的土地，那里有无比真实的人，在等待他的选择。

午夜时分，电报箱嘶嘶响起，爆开一枚信息投弹。怀尔德坐在写字台前，被磁带和计算机卡围绕，好长时间没有碰它。最后，他把纸条抽出来，扫视一眼，紧紧揉成一团，又展开再次阅读：

> 末道运河下周引水。诚邀各位嘉宾参加运河游艇派对。四日之旅，寻访失落之城。盼复。
>
> I. V. 亚伦森

怀尔德眨眨眼，轻声笑笑。他再次把纸揉皱，中途却停下来，拿起电话说道：

"给火星一城的 I. V. 亚伦森发电报：确认参加。没什么明智的理由，但还是——确认参加。"

他挂掉电话，静坐许久，凝望那片夜色，它遮蔽了所有嗡鸣着、滴答着运行的机器。

干涸的运河在等待。

它已经等待了两万年，什么也没盼来，除了一粒粒漫起迷蒙波潮的尘埃。

此刻,它骤然发出喁喁低语。

低语变作湍急水声,水流奔涌而来,在岸壁上激荡。

仿佛有一只机械巨拳捶打某个地方的岩石,再举到半空击掌高呼"神迹!",一堵水墙骄傲地沿河道高涨而来,铺满干枯运河的每一处,持续向前,涌向古老的枯骨沙漠,突袭古旧的码头,托起船只的骨架——三十个世纪前,河水蒸发净尽之时,它们被遗弃在了原地。

潮水转过一个弯,托起一艘新船——崭新得如同新生的黎明,有新铸的银色螺丝和黄铜管道,以及鲜艳的新旗,于地球缝制。它凌空固定在运河侧壁,喷涂有船名"亚伦森一号"。

船内,与之同名的老翁面露微笑。亚伦森先生坐在船中,聆听身下活跃的水声。

水声被突如其来的噪音打断,一艘气垫船驶来,一辆摩托车抵达,空中还出现众多身背机械喷气背包的男女,仿佛得到魔力时刻的召唤,受到古运河粼粼潮水的吸引,像一群牛虻飞越山间而来,悬停空中,似乎不敢相信这位富翁一手策划的生命大碰撞。

富翁皱眉仰望,微笑着招呼他的孩子们,叫他们到船上纳凉,享用食物和饮品。

"怀尔德机长!帕克希尔先生!博蒙特先生!"

怀尔德停好气垫船。

萨姆·帕克希尔一把丢开摩托车,他一见游艇便要舍了旧爱追逐新欢。

"我的天!"演员博蒙特喊道。他混迹于空中人群,人们如同色泽鲜艳的蜜蜂在风中舞蹈,组成一道亮丽的风景线。"我算错了出场时间。我来早了,观众都还没到哪!"

"我鼓掌欢迎你降落!"富翁大声说着热烈鼓掌,又招呼旁边人,"艾肯斯先生!"

"艾肯斯?"帕克希尔说,"那个专猎大型野物的猎人?"

"正是在下!"

艾肯斯俯冲而下,仿佛要用慑人的利爪擒住他们。他幻想自己是一只鹰。他深受迅疾人生的磨砺,身披剃刀般的锋芒,并无刀刃,却能在坠落途中划破长空。那古怪的骤然下降似是要报复下方与他无冤无仇的人群。眼看要撞毁之时,他抢先一步拉起喷气背包,伴着轻声尖啸,举重若轻地将脚尖点上大理石码头。他精瘦的腰间挎着一条步枪带,口袋鼓鼓囊囊,像刚从糖果店里出来的男孩。有人猜测他身上藏有趁手的子弹和稀有的炸弹。他像个邪恶的孩童,双手握着一把武器,那武器外形好似宙斯掌间直接劈下的一道雷霆,上面却印着"美国制造"。他的脸让烈日晒得黝黑,眼周的皮肉也晒得皱纹丛生,那双眼睛倒是意外地清凉,水晶般澄澈的薄荷蓝绿色。白瓷般的笑容嵌在媲美非裔的苹果肌中间。他落地时，地面几乎不曾抖动分毫。

"雄狮潜行于犹大之地！"天空中一个声音高诵，"此刻，且看羔羊被赶去宰杀！"

"啊，看在上帝分上，哈利，住嘴吧！"一个女声传来。

另有两只风筝，载着它们的灵魂，载着威严的人类，乘风飞舞。

富翁欣喜不已。

"哈利·哈普韦尔！"

"看哪，上主的天使前来报喜！"盘旋空中的人说道，"天使授意——"

"他又喝醉了。"他的妻子解说道，头也不回地飞在他前面。

"梅根·哈普韦尔。"富翁说，就像剧团老板在介绍自己的戏班子。

"诗人。"怀尔德说。

"和他贪婪不忠的妻子。"帕克希尔嘀咕道。

"我没醉，"诗人的呐喊顺风传来，"只是放浪罢了。"

言毕，他发出一阵狂笑，其声滔滔，下方众人几欲扬手，抵挡摧枯拉朽的声浪。

诗人下降些许，像一只宽幅龙形风筝，摇摇晃晃滑过

93

游艇上方。他的妻子此刻闭紧了嘴巴。他同样摇摇晃晃地做了些赐福的动作,朝怀尔德和帕克希尔使着眼色。

"哈普韦尔,"他高呼,"此名姓岂非正相配于一位伟大的现代诗人,他饱受当下之苦,只生活于过往,从古戏剧家墓中盗取尸骨,乘这不知是抽风机还是打蛋器的新式装置高飞,呼唤十四行诗降临灵府!可怜古时激昂圣徒与天使,无有此等隐形之翼,无以恣肆狂放,似黄莺疾旋空中,却要将诗行与天谴的灵魂向地狱诵唱。可怜的麻雀贪恋大地,自断了翅膀,唯有天才者可以飞翔,唯有其缪斯知晓浮空之伤——"

"哈利。"他的妻子已踏上地面,闭着眼睛说道。

"猎人!"诗人呼唤,"艾肯斯!全世界最伟大的猎物在此!这位展翼的诗人,我,将裸露胸膛,请投出你抹蜜的蜂刺,击落我伊卡路斯!若你枪中阳光经枪筒点燃,释放一道森林野火直冲云霄,将牛脂、糊泥、烛芯、里拉琴直烧作焦炭娃娃。准备,瞄准,开火!"

猎人愉快地举枪。

诗人见状笑得愈加放纵,依己所言扯开衬衫,露出胸膛。

此时,寂静忽而降临运河沿岸。

一个女人出现,莲步款款,跟着身后侍女。视野中没有任何车辆,此情此景,仿佛两人是自火星山间远道跋涉而来，至此停下脚步。

卡拉·科雷利，出场时的肃静给予了她足够的尊严与关注。

空中的诗人停止抒情，飞身降落。

众人齐齐望向这位女演员，她也回视一眼，目空一切。她身穿黑色连身裤，与她的长发同样乌黑。她走路的姿态像是一生都寡言少语的女人，此时站在大伙面前，一如既往地沉默，仿佛在等待谁未经命令擅自行动。风吹散她的头发，披过肩头。她的脸白得惊人，投向众人的与其说是她的目光，不如说是她的白皙。

随后，她一言不发地踏上游艇，坐在艇身前端，好似一尊船首像，明了自身所属位置，遂自行前往。

沉默的时刻结束了。

亚伦森将手指划过他打印的宾客名单。

"一位演员、一位碰巧同为演员的绝代佳人、一位猎人、一位诗人、诗人的妻子、一位火箭机长、一位曾经的技师。请诸位登艇！"

亚伦森在巨型游艇的后甲板上铺开地图。

"女士们，先生们，"他说，"接下来的四天，不仅是畅饮、欢聚、远足，更是一场探索！"

他适当停顿，等待他们表情一亮，目光从他的眼睛转向图表，才继续道：

"我们要寻找传说中失落的火星之城,旧名迪亚萨奥,又称末日之城。它深藏恐怖,旧日居民曾举家出逃,避之如瘟疫,只留下一座空城。如今几个世纪过去,城中仍旧空无一人。"

"这十五年来,"怀尔德机长说,"我们已经对火星上每一英亩土地进行了测绘、制图,并建立交叉索引,不可能遗漏任何一座你所提及的那种规模的城市。"

"确实,"亚伦森说,"你们已经从空中、从陆上测绘了地图,但还没有经水路完成测绘,因为截至目前,运河一直空空如也!那么现在,让我们乘上新近填满这末道运河的波涛,前去往昔船只曾经抵达的地方,见证火星上不容错过的最新奇景。"富翁继续道,"在旅途的某处,我们将发现这颗古老星球史上最壮丽、最奇妙、最可怕的城市,这就如同我们口中的呼吸一样确凿。去城里走走——谁说得准呢?——寻找传闻中一万年前火星人尖叫着逃离它的原因。"

沉默。紧接着:

"好极了!无比精彩!"诗人与富翁握手。

"那座城里,"猎人艾肯斯说,"该不会有人类从未见过的那种武器吧?"

"极有可能,先生。"

"嗯。"猎人爱抚着手中的雷霆,"地球令我厌倦。我已猎杀过每一种动物,再没有新的野兽供我追逐,于是来这里寻找更宜猎、更危险的新食人兽物种,任意体形或外表都行。而现在,又加上了新武器!除此以外还能期望什么?甚好!"

他把银光闪闪的蓝色雷霆丢过舷侧。它沉入清澈的水中,冒起一串气泡。

"咱们赶紧上路吧。"

"没错,"亚伦森说,"让我们启程吧!"

他摁下按钮,启动游艇。

水流载着游艇离开。

游艇驶往沉默的卡拉·科雷利那苍白面庞所指的方向:远方。

诗人打开第一瓶香槟,软木塞"砰"一声响,吓了大伙儿一跳,除了猎人。

游艇平稳地航行了一整天,夜晚降临,他们发现一处古老废墟,在那里用了晚餐,共饮从一亿英里外的地球进口的美酒。人人都称赞它留住了原有的香醇。

酒力上头,诗人雅兴大发,吟诗作赋大半夜后,倒在游艇甲板上沉睡。游艇则持续前行,搜寻尚未发现的城市。

凌晨三点,怀尔德坐卧不安,他不习惯整个身体受行星引力束缚，无法自由入梦，于是出舱来到游艇后甲板上，发现女演员也在那里。

她望着河水进入舷侧阴影，脱离星光庇佑，向后流逝。

他在她身旁坐下，思索一个问题。

卡拉·科雷利同样默默问了自己同一个问题，并给出答案。

"我来火星，是因为不久以前，我平生第一次从他人口中听见真话。"

她也许以为对方会惊讶，但怀尔德什么也没说。船无声前行，仿佛漂流在油面上。

"我天生丽质，自打生下来就是个美人。也就是说，从小我就听惯了假话，只因为旁人想接近我。我在男女老少的谎言中间长大，谁都没胆惹我不开心。美人嘴一噘，世界也要瘸三瘸。

"你是否见过那种美女，身边男人围绕，满眼都是他们频频点头，满耳都是他们哈哈大笑？美女不管说什么，男人都能给逗笑。就算内心抗拒，没错，他们也照样会笑；嘴上说是心里却反对，嘴上说不心里却同意。

"啊，每一年，每一天，我的生活都是如此。总有一群人替我阻挡和粉饰不愉快的事物，他们的话语为我披挂丝绸。

"可是，啊，不超过六周前，突然有人对我说了真话。那是件小事，我现在已经不记得他说了什么，只记得他没有笑，连微笑都没有。

"话一出口，各字话音刚落，我就知道，可怕的事情发生了。

"我老了。"

游艇随潮水轻轻摇晃。

"啊，往后还会有其他撒谎成性的男人，再次微笑着听我一言一语。但我已预见未来的岁月，当美人跺起小脚，却不再能激起地震，无法使怯懦成为老实人的习惯。

"至于那个人，他看见我脸上的惊骇，立即要收回那句真话，可是已经太晚了。我买了来火星的单程票，到站后，又应亚伦森的邀请踏上这段全新的旅程，前往……谁也不知道的目的地。"

最后一句出口，怀尔德已不知不觉伸出手去，握住她的手。

"别，"她说着，抽回手，"别说话，别碰我，别可怜我，别让我自怜。"她第一次露出微笑，"很奇怪是吧？我一直想，到某一天，能听见真话，摒弃假象，那该多好啊！可我大错特错，这样毫无乐趣可言。"

她坐在那里，望着黑暗的水流在舷侧奔涌。几小时后，她才想起再转头看去，身旁的座位已经空了。怀尔德已然离去。

第二天,他们继续向心愿之地进发,顺着新蓄的水流驶向一道崇山峻岭,途中在一座古老的神庙用了午餐,又在更远的另一处废墟吃了晚饭。失落之城并未被过多谈及,大家都坚信绝对无法找到它。

可是到了第三天,无需任何人道破,他们都感受到一种伟大的存在,正在临近。

最后,还是诗人将它诉诸语言。

"上帝是否在某处低声哼唱?"

"好浓的酸腐气!"他妻子评论,"连闲聊都不肯好好说人话?"

"可恶,诸位请听!"诗人喊道。

于是众人静听。

"众位莫不会感到,自己仿佛站在烧着高炉的巨大厨房门口,周边一片温暖舒适,一双宽阔大手糊满面粉,散发着肚腹的奇鲜与内脏的秘香,为手上的血迹而洋洋自得?那里,上帝正烹煮生命的大餐!于太阳熔炉中精心酝酿,使金星生命绽放;于大锅里炖煮清汤,骨头和收缩的心脏将活跃在百亿光年外行星的动物身上。上帝已在伟大厨房的宇宙之中,将兆亿年间所有盛宴、饥荒、死亡、复兴的历史一一列举,他莫不会为自己的绝妙工作而称心满意?

上帝既然心满意足，岂不就会低声哼唱？感受一下你们的骨头，骨髓中莫不是充盈着嗡鸣的旋律？细究起来，上帝不仅哼唱，还在元素中高歌，在分子中舞蹈。永恒的欢庆簇拥在我们周围。附近有东西，嘘。"

他嘟起嘴，胖胖的手指竖在唇边。

四下里顿时鸦雀无声，卡拉·科雷利白皙的面庞映照着前方的暗淡水域。

所有人都感受到了，包括怀尔德和帕克希尔。两人借抽烟以掩饰，又将烟掐灭。众人在黄昏中等待。

嗡鸣声越来越近。猎人嗅到了气味，便来到游艇前端，与沉默的女演员并肩站立。诗人则坐下来，写下方才出口的词句。

星星出来了。"好样的，"他说，"就快到了。"他深吸一口气，"已经抵达。"

游艇驶入一条隧道。

隧道通向一座山的底部。

城市现于眼前。

这座城市位于一座空心的高山内部，周围自有草地环绕，上方自有光彩奇异的石头天穹笼罩。它早已失落，且失落至今，原因很简单，人们只尝试过乘飞行器或循错综陆路寻找它，漫长的寻访期间，通向它的河道静立着，却没有等来单纯的徒步人士踏上水流曾经涉足的道路。

而今,一艘游艇满载着来自另一个星球的陌生人,停泊在古老的码头。

城市抖了抖身躯。

旧时,城市的生死取决于城中是否有人。就那么简单。然而,在地球或火星生命的末期,城市并未消亡,只是陷入沉睡。它们在封闭的睡眠中进入多梦的幻境,回忆着从前的模样,谋划着将来的复兴。

因此,当一行人鱼贯而出,登上码头,他们感受到一位伟人的苏醒,这座都市隐匿于油脂与金属间的耀眼灵魂即将完全醒来,以山崩地裂之势无声地绽放隐秘的焰火。

码头上新来客的体重压得机械轻轻呼气。他们感觉自己仿佛站上了一台精密的天平,码头下沉了百万分之一英寸。

城市,这位深陷噩梦装置的笨拙睡美人,感受到这样的触摸,这样的亲吻,便不再沉睡。

雷声隆隆。

一百英尺高的城墙中,立着七十英尺宽的城门,从中一分为二。两扇门此时轰隆隆地向两侧退开,隐入墙内。

亚伦森走上前去。

怀尔德起身阻拦,亚伦森长叹一声。

"机长,请勿发表意见,也别发出警告。前方并没有巡逻队驱逐歹人。这座城市希望我们进去，它欢迎我们。你总不会幻想里面有活物吧？这是座自动机械城。别摆出那副表情，好像担心里面有定时炸弹似的。它已经——多久来着——二十个世纪没上演过娱乐和游戏了。你认识火星象形文吗？看那块奠基石，这座城市建于至少一千九百年前。"

"然后荒废了。"怀尔德接腔。

"你说得好像有一场瘟疫把他们赶出——"

"不是瘟疫。"怀尔德不安地动了动，感受着自己的体重将脚下的巨型天平微微压沉，"是别的，别的什么……"

"咱们去找出答案吧！所有人，进城！"

独自一人，或两人同行，地球来客们跨过门槛。

最后一个踏入城门的，是怀尔德。

城市变得更有生气了。

城中建筑的金属屋顶如花瓣般尽情伸展。

窗户敞开，如同巨大的眼睛抬起眼睑俯视他们。

移动的人行道像一条河，在他们脚边温和地流淌冲刷，机械路面闪着亮光穿梭城中。

亚伦森愉快地望着金属浪潮。"啊，感谢上苍，这回轻松多了！原本我打算一个个送你们，但现在，交给城市去办就行了。两小时后回这里会合，复盘各自的体验。出发喽！"

说完，他跳上疾行的银色路面，乘着自行道迅速离去。

怀尔德一惊，抬脚准备跟过去。亚伦森欢快地回头呼喊：

"都上来吧，水正合适！"

金属河翻动波浪，送他离去。

他们一个接一个地上前，移动的人行道载着他们漂流。帕克希尔、猎人、诗人及妻子、演员，最后是绝代佳人和她的侍女。他们轻盈浮动，像一尊尊雕像神奇地乘上火山熔岩，被冲往任意去处，或末路穷途，谁也没有把握。

怀尔德跳上去，水流轻轻扣住他的靴底。他随之远行，进入大道，绕过公园拐角，穿过楼宇之间的峡湾。

他们身后，码头和城门空空荡荡，没有任何迹象显示他们来过，简直像从未有人踏足。

演员博蒙特第一个离开航行路线。一栋特殊的建筑物吸引了他的目光，他不由自主地跳下自行道，凑近去嗅了嗅。

他笑逐颜开。

现在，依据里面飘来的气味，他已经知道面前是怎样的建筑了。

"铜油。上帝明鉴，它只意味着一种可能！"

剧院。

黄铜门，黄铜栏杆，丝绒幕布的黄铜环。

他打开楼门走进去，再嗅一嗅，放声大笑。错不了。即使没有标牌或灯光，单凭这气味也能断定。金属表面特殊的化学气味，还有从一百万张票上撕下的纸屑味。

最关键的是……他侧耳倾听。沉默。

"沉默的等待。等待的人群如此安静，世上再没有别处，唯有剧院里才能找到。就连空气分子的微粒也在摩拳擦掌。各个人影轻靠椅背，屏住呼吸。好的……不论准备就绪与否……我来了……"

门厅饰有海底的绿色天鹅绒。

剧院主体则是海底的红色天鹅绒，双门打开时，只能隐约分辨。远处某个地方，矗立着一座舞台。

什么东西动了动，像巨兽浑身一抖。他的呼吸，赋予它生命力的幻梦。气息从他半张的口中呼出，拂动一百英尺外的幕布，让它黑暗中轻盈舒卷，仿佛遮蔽一切的羽翼。

他犹豫地迈出一步。

高高的天花板上逐渐亮起一道无所不至的光芒，一群神奇的七彩鱼穿梭游弋。

海底的灯光四下闪耀。他喘息不止。

剧院里宾客满座。

一千名观众，一动不动地坐在伪造的黄昏氛围中。诚然，他们娇小、脆弱，肤色很深，戴着银白面具，但总归是——人！

不用问他也知道，他们已经在这里坐了一万年。

却并未死去。

他们是——他伸出手，敲敲坐在过道旁的一名男子的手腕。

那只手轻轻发出"叮"的一声。

他摸摸一个女人的肩膀，她清脆地鸣响，像一只铃铛。

没错，他们已经等待了几千年。不过，机器固有等待的秉性。

他再踏前一步，僵在原地。

一声叹息，接力传递过人群。

那声音，就像新生婴儿必然发出的第一个微弱之音，先于真正的吮吸、呜咽，以及惊讶于自身获得生命时的放声啼哭。

一千声这样的叹息，消失在天鹅绒门帘内。

面具之下，莫不是有一千张嘴微微张开？

两张脸动了动。他停下脚步。

天鹅绒重围的暮色中，两千只眼睛眨了眨，瞪大了。

他重又迈步。

一千颗沉默的头颅借助润滑良好的古老齿轮转动。

视线向他投来。

一股无法抑制的寒意在他体内疯狂蔓延。

他转身要跑。

但他们的眼神不肯放过他。

与此同时,管弦乐池中传出了音乐。

他放眼望去,只见一整套乐器缓缓升起,像一群昆虫,全部奇形怪状,进行着怪诞的杂技表演。它们被轻柔地弹拨、吹奏、触摸、按揉,汇成一支和谐乐曲。

观众动作整齐划一,将视线投向舞台。

一盏灯亮起。管弦乐队奏响盛大的开场和弦。

红色幕布拉开。一盏聚光灯直射向舞台中央,耀眼的光芒洒上空无一人的升降台,上面摆了一把空椅子。

博蒙特等待着。

没有演员出现。

一阵骚动。几只手左右摆动,拍到一起,轻声鼓掌。

此刻,聚光灯离开舞台,投在过道上。

观众纷纷转头,追随那空洞的光影。一张张面具泛着柔光,面具后面的眼睛闪烁着暖色,向他召唤。

博蒙特退后一步。

而光束笃定地上前,钝锥形光束把地板涂成纯白。

然后停下来,轻轻啃啮他的脚。

观众仍保持着扭头姿势,此刻,掌声更加热烈。潮水般接连不断的喝彩声在剧院里震响，轰鸣，回荡。

体内的一切仿佛融解了，寒意变得温热。他仿佛被粗暴地推进夏日的滂沱大雨，感恩的心绪如暴风雨冲刷着他。他的心不由自主地狂跳起来，紧捏的拳头松开了，骨骼也放松下来。他又等了一会儿，雨水浸透了他仰起的感激的脸颊，敲击他饥饿的眼帘，眼睑眨动几下，紧紧闭合。然后，他感觉自己像城垛上的一个幽灵，在幽灵光束的引导下，倾身，抬脚，滑步，移动，沿路走下斜坡，滑向美丽的毁灭，此时已不再是行走，而是大幅迈步；不再是大幅迈步，而是全速奔跑。一张张面具熠熠闪光，一对对眼睛迸射炽烈的喜悦与热切的欢迎，一双双挥舞的手搅动空气，如同生有鸽翼的步枪子弹朝天出膛。他感觉鞋尖触及台阶。掌声戛然而止。

他咽了口唾沫，然后缓步登上台阶，站在光束中央。一千张面具迎向他，一千双眼睛注视着他。他坐上那把空椅子。剧院暗下来，里拉琴弦一般的金属喉咙中轻轻送出呼吸，汇成宏伟风箱拉动的声音。而后，黑暗里只有低沉的嘤嘤嗡嗡，好似一个机械蜂巢正在人造麝香的作用下活力焕发。

他双手扶膝，又放开。最后，他开口：

"生存还是毁灭——"

全场沉静下来。

没有一声咳嗽，没有一个小动作，没有一声窸窣，连眼也不曾眨一下。所有人都在等待。完美。完美的观众。完美，前无古人后无来者。完美。纯粹。

他将字词从容投进那死潭般的纯粹的沉静，感受涟漪无声散开，渐散渐缓。

"——这是个问题。"

他倾情独白，他们静静聆听。他知道，现在他们绝不会让他轻易离开了。他会在他们的掌声中陶醉得忘乎所以，酣然入梦，复又苏醒，再度登台。表演一切的一切，莎士比亚，萧伯纳，莫里哀，一字一词，一句一段，一场一幕。他的个人保留剧目！

他起身谢幕。

谢幕完毕，他想：淹没我吧！裹挟我吧！狠狠席卷我吧！

如他所愿，掌声似雪崩自山巅滚滚而来。

卡拉·科雷利发现了一座镜子做的宫殿。

她让侍女在外面等候。

自己走了进去。

她从镜子的迷宫穿过，年华在她的面容上回溯，一天，一周，一月，一年，两年。

宫殿里充满了舒心的华丽谎言，使人仿佛重返青春。

环绕周围的高大明亮的玻璃镜子,和生命中那些异性一样,再不说一句真话。

卡拉来到宫殿中央,停下脚步。每一块高大明亮的镜面上,都映照出她二十五岁的容颜。

她坐在明亮的迷宫中心,笑靥如花,幸福地左顾右盼。

侍女在殿外等了大约一个钟头,然后走开了。

这个地方漆黑一片,形状各异、大小不一的物体暗藏其中,散发出润滑油的味道。一头头以机油为血、齿轮为牙的霸王蜥蛰伏于黑暗中,分散排开,潜心等候。

一扇巨门慢悠悠发出沉重的滑动声,像一条装甲尾巴扫过地面。一阵风吹向站在门外的帕克希尔,油味浓郁。他觉得好像有人往他脸上贴了朵白花。那只是乘他不备送上的一抹笑意。

原本闲垂身侧的双手猛然举起,完全下意识地向前挥动,渴求接触空气。就这样,他默默划动双臂,不由自主地走进那未知之地——车库,或机械车间,或修车棚。

他一面走,一面缓缓转身。眼前的所见叫他胸中充溢着齐天的喜悦,如孩童那般纯洁又顽皮。

目光所及之处,尽是停放的车辆。

地上跑的,空中飞的,装配万向轮随时可变向的;两个轮的,三个轮的,四个六个八个轮的;蝴蝶外观的,复古仿摩托的。这边三千辆整齐排列，那边四千辆光泽锃亮。另有一千辆车单侧支起，车轮取下，内部零件暴露在外，等待修理。再有一千辆高高停在狭长的汽修升降台上，露出可爱的底盘，让人一览无余，那些精细周密的圆片、管道与齿轮盼着手的触摸，需要拆下螺栓、更换阀门、重新布线、上油、精细润滑……

帕克希尔不禁手心发痒。

他向前走，穿过那萦绕着原始沼泽油味的空气，经过那些装甲锃新的上古机械爬兽，死去的它们正等待复生。他越是看，越是合不拢嘴。

这是一座成熟的城市，而且在一定程度上自给自足。然而，金属蛛网上最珍稀的蝴蝶终究灭绝，油气与炽烈梦想沉入地下，机械维修机的维修机逐渐老旧，出了故障，自损自毁。这里已成为机械弃兽库，沉睡的象冢，灵魂生锈的铝龙爬进来，盼望有一个活人能留在这许多尚有余力的死亡金属中间，妙手回春。一位机械的神明，将会说：你，拉撒路电梯，苏醒吧！你，气垫船，重生吧！他将为它们施涂利维坦油膏，用神迹扳手加以整修，赋予它们近乎永恒的生命，让它们乘风，升空，悬在水银自行道上方。

帕克希尔穿梭在九百个因锈蚀而失能的男女机器人中间。他要治愈它们的锈病。

事不宜迟。即使马上开工，帕克希尔想着，撸起袖子，望向车库过道里足足排列了一英里长的机械，工棚、吊车、升降台、储物箱、油箱，亮闪闪的工具零件散落在地，等待他随时拿取；即使马上开工，也可能要花上三十年，才能踏遍这座永立世间的巨型车库，走完处理事故与碰撞的修车棚！

他要拧紧十亿个螺栓，修补十亿个马达！他要在十亿个铁肚子底下躺一遍，任油污滴上这孤身英雄，寂寞，孤单，只与那些美丽如常的设备、零件与奇妙装置相伴，它们发出蜂鸟般的嗡鸣，却绝不肯回答他一句话。

他的双手自动伸向工具，握住一个扳手。他找到一辆四十轮矮滑橇，躺上去往前一撑。滑橇发出一声长长的唿哨，载着他倏地滑过车库。

帕克希尔的身影消失在一辆复古造型的大车底下。

下面看不见的地方，传出他修理内部机械的声音。他仰躺着，向它呼唤。当他拍打机器，将它发动起来，它终于回应了他。

银色自行道时刻向各处延伸。

几千年过去，它们空荡荡地运行在沉入梦乡的高楼广厦之间，不停前往各个目的地，乘客却只有灰尘。

此刻，亚伦森乘坐在一条自行道上，像一尊衰老的雕像。

随着道路带动他向前,城市迅速展露在他的视野中,越来越多的建筑掠过,越来越多的公园跃入眼帘,他的笑容逐渐消失,脸上失去了血色。

"玩物。"他不自觉地呢喃出一句老话,"不过是,"这时他的声音小得几乎听不见了,"……又一个玩物。"

一个超级玩物,没错。而他的生活向来如此,被玩物填满。要么是某种老虎机,要么是新型号分酒器,要么是酷炫超大号高保真立体声音响。一辈子使用金属砂纸打磨,他觉得自己的胳膊都给磨秃了,成了圆桩,手指只剩十个小点。不,没有手,手腕也没了。海豹男孩亚伦森!!!他拍动不受意识控制的鳍肢为这座城市鼓掌,不夸不贬,这城实际上就是台经济型自动点唱机,压低了破嗓子疯狂吞币。而且——他知道这支曲调!上帝保佑,他知道这支曲调。

他眨了一下眼。

内眼睑如冰冷铁片垂落。

他转身踏过自行道的银色波涛。

找到那条能带他返回城门的流动钢铁之河。

途中遇见科雷利的侍女,她独自乘银色溪流闲游,已然迷失方向。

至于诗人夫妇，两人竞逐的喧嚷回荡在各处。他们叫喊着穿过三十条大道，打碎了两百家商铺的玻璃，击落了公园里七十种高矮树木的叶子，直到经过一座喷泉才暂且罢休。雷鸣般的喷泉表演盖过了他们的声音，水柱像一束透明烟花升向城市上空。

"问题在于，"他妻子打断了他更为污秽的回应，"你来这里，只是想搂着离你最近的女人，在她耳边喷你恶臭的口气和更臭的诗。"

诗人低声骂了个脏字。

"你比那戏子还不如。"他妻子说，"嘴臭死了，就不能消停会儿？"

"你又如何？"他叫道，"天啊，可叹我心中郁结。闭嘴，女人，否则，我就跳进这口喷泉！"

"叫我闭嘴？你多少年没洗澡了，世纪臭猪！把你照片放到下个月的育猪年会上，就是最光彩的一幅！"

"此言极是！"

楼门"砰砰"关上。

她跑下自行道过去，抡起拳头砸门，可门已经锁紧了。

"真没种！"她尖叫道，"快开门！"

一个脏字传出，在门内隐隐回荡。

"啊,且听那美妙的静寂。"他在空旷的黑暗中悄声自语。

哈普韦尔发觉自己身处一个安逸的巨大空间,一座子宫形状的宽敞建筑,顶上盖了一个十足宁静的穹顶,一片没有星星的虚空。

这个房间周长约两百英尺,中央摆放着一个装置,一台机器。机器里安装有各式刻度盘、电位器、操纵杆,还有座位和方向盘。

"这是辆什么车?"诗人低声说着,凑近了些,俯身摸一摸,"上苍顾念发发慈悲,这什么味儿?血淋淋的内脏?不可能,这车洁净如少女的长裙。然而血的气味的确充斥着鼻腔。暴力。纯正的毁灭。我能感觉到它可恶的躯体正在抽搐,像一条神经紧张的纯种猎犬。大有名堂。先开动它试试。"

他坐上那台机器。

"先动哪个?这个?"

他扳动一根操纵杆。

机器发出呜咽,像巴斯克维尔猎犬在梦中惊起。

"好狗狗。"他扳动另一根操纵杆,"你如何能走,小畜生?待这混账仪表铆足马力,能去往何方?你没有轮子。哒,使出神通吧,我无所畏惧。"

机器抖动起来。

车身一震。

离开原地,猛冲向前。

他紧紧抓住方向盘。

"我的天啊!"

他正在公路上狂飙。

身侧气流奔涌,头顶的天空流光闪烁。

车速表显示七十,继而八十。

公路蜿蜒向前,迎面扑来的风景叫人应接不暇。路况越来越差,看不见的车轮时而打滑,时而颠簸。

前方,远远地,出现一辆汽车。

行驶速度极快,而且——

"它开错道了!你可看见,吾妻?开错道了。"

随后他发觉妻子并不在身边。

他正独自驾车疾驰——当前时速九十英里——冲向对面那辆疾驰的汽车,两者速度不相上下。

他忙打方向盘。

驱车变道向左。

来车立即执行对应动作,变回右车道,几乎分秒不差。

"蠢猪脑袋,他想干——该死的刹车呢,在哪儿?"

他一脚踩上了底板。没有刹车。这台机械确实古怪,想让它跑多快就跑多快,想让它停却还在跑,要到什么时候？没油的时候？它没有刹车，只有——进一步加速的装置。底板上有一连串圆形按钮，踩一脚就给发动机注入一波能量。

时速来到九十，一百，一百二十英里。

"老天啊！"他尖叫，"我们要撞车了！你觉得如何，姑娘？"

撞车前最后一刻，他想象着她称心如意的模样。

两车相撞，喷发出气态火焰，爆裂成碎片，翻滚。他感觉全身各处不停地抽搐，像一把抛向天空的火炬，双臂双腿在半空中扭动起疯狂的利戈顿舞，糖棍一般的骨头在极致痛苦的狂喜中清脆折断。然后，他把死亡当作黑暗的伙伴抓牢，两手挥舞着，在黑色惊喜中下坠，漂向更远的虚无。

他死挺挺地躺下。

躺了很长时间。

然后，睁开一只眼睛。

他感到心智渐渐热乎起来，脑海中满溢着新沏的茶汤，气泡咕嘟嘟往上冒。

"我死了，"他说，"但还活着。你可都看见，吾妻？虽死犹生。"

他发觉自己仍坐在车上，坐得笔直。

他在那里坐了足足十分钟，思考刚刚发生的一切。

"好啊，那么，"他沉思，"这可算得上有趣吧？不用说，扣人心弦吧？更不用说，几乎叫人欣喜若狂吧？我的意思是，没错，它吓得我心虚腿软，让我的魂儿从一只耳朵钻出去，又从另一只耳朵钻回来，敲软我的筋，吓破我的胆，打碎我的骨头，摇散我的脑筋，但是，但是，但是，吾妻，但是，但是，但是，亲爱的好阿梅，梅梅，梅根，我多希望你在这里，它兴许能从你半吊子的肺叶里压出一半的烟草焦油，从你骨髓里榨光青苔墓地一样折磨人的刻薄。让我在此时此地见识一下，吾妻，让我见识见识，诗人哈普韦尔乃夫。"

他摆弄着仪表盘。

启动这条大猎犬的发动机。

"再试试另一条道？再来一场血肉拼杀的野餐旅行？来吧！"

他驾车上路。

车速几乎立即增加到每小时一百英里，随即增至每小时一百五十英里。

几乎同时，前方出现了对向来车。

"那么，"诗人说，"死神，你可一直都在？逗留于附近？这里可是你的寻猎地？让你的品格接受考验吧！"

轿车飞速疾驰。对面的车疾速冲来。

他变至另一条车道。

来车紧紧咬住不放，锁定毁灭之路。

"对，我明白了，嗯，那么，这个。"诗人说。

拨动一根操纵杆，再踩另一个油门。

撞击前一瞬间，两辆车转换了形态。幻象的轻纱掩蔽下，它们变成喷气机，一飞冲天。两架飞机呼啸着，喷射火焰，撕裂空气，以音爆声互相骚扰，直到最炸裂的那声轰响——如同两枚子弹对撞、熔合、交织，鲜血、心灵与永恒黑暗交缠，坠向一道奇异而宁静的午夜拦截网。

我死了，他又想。

感觉挺好，多谢。

他醒来，感到脸上挂着微笑。

身体仍坐在车上。

两度去世，他想，一次比一次感觉舒坦。怎会如此？这岂非咄咄怪事？好奇心越来越重，超越诡异的诡异。

机械再次发动，马达轰响。

这次会是什么？

它能上轨道吗？他突发奇想，中古时代突突叫唤的黑色大火车怎么样？

他驾车上路，变作蒸汽机师。天空忽地一闪，不知是电影银幕或是别的什么东西沉沉压顶，虚像疾速随行：浓烟喷涌，汽笛呼啸，巨大的轮中轮碾压过粗粝的轨道，轨道向前蜿蜒穿越山丘，而远方另一列火车绕过山脚开来，漆黑如水牛群，一噎一顿地喷吐浓烟，循着相同的两条铁轨，同一道航线，直冲向精彩的事故。

"我悟了，"诗人说，"我的确开悟了。我开始明了这机器的本质，它的用处，如何用于我这样的人，流浪世间的可怜愚者，驽钝无知，从子宫中降生伊始，便经受母亲强加的痛苦，蒙受基督教罪疚思想的侮辱，因毁灭的需求而癫狂，于此处获取少许伤痛，于彼处收得零碎疤痕，在此之上，还有妻子如影随形的海量唠叨。有一点是肯定的，我等确实期望死亡，确实渴望受死，而身下正是达成心愿的宝物，迅速而便捷地兑现！那就全数清偿吧，机器，分期奉上吧，美妙的狂欢装置！广开杀戮吧，死亡！我正是你的目标。"

两辆火车头相撞，彼此抬升。它们攀上爆炸的漆黑短梯，轮子打转，传动轴锁死，光滑油黑的腹部紧紧相抵，锅炉互相摩擦，转个圈脱出铁轨，残片与流火纷如雨下，华美壮丽地袭向夜色。随后，机车跳起笨重的抢掠之舞，暴力又激情地擒住对方，互相融为一体，以庞然之躯行完屈膝礼，便从山头摔下，历经一千年，终于滚落进下方的乱石坑。

诗人醒来，立即扑向控制台。他震撼不已，低声哼唱着狂乱的曲调，两眼放光，心脏急速跳动。

"再来，再来！如今我已拨开迷雾，明了此物的使用方法。再来，再来！求求你，啊，上帝，再来一次，因为真相将予我自由。再来！"

他踩动三个，四个，五个踏板。

拨动六根操纵杆。

这辆交通工具，是汽车兼喷气机兼火车头兼滑翔机兼导弹兼火箭。

他横冲直撞，喷气升空，轰鸣飞翔。汽车调头向他冲来，火车凛然现身。喷气机迎头相撞，火箭厉声呼啸。

在这场持续三小时的疯狂放纵之中，他撞毁了两百辆汽车，撞坏了二十列火车，炸飞了十架滑翔机，引爆了四十枚导弹，最后冲向遥远太空，在七月四日的死神庆典中，驾驶星际火箭以每小时二十万英里的速度撞击一颗陨铁流星，光荣奉献了自己的灵魂，华丽地堕入地狱。

短短几小时内，他不停地经历粉身碎骨又恢复原状的轮回，据他粗略计算，总数接近五百次。

终于完全结束。他坐在那儿，没有碰方向盘，双脚离开了踏板。

就这样坐了半小时后，他大笑起来。他把头向后一仰，发出高亢的呐喊，然后起身，甩甩头，仿佛一生中从未醉得这样厉害。他此时完全陷入了醉乡，他知道自己将永远保持醉态，且不必再喝酒。

我已遭受惩罚，他想，终极的真实的惩罚，终极的真实的伤痛,足够深重,反复体会,于是我将再不必遭受伤痛,再不必经受毁灭,再不必容忍一次侮辱,忍耐一处伤患,招惹一句随口的抱怨。愿上帝保佑人中英才,保佑这机器的发明家!它使人得以偿罪,最终摆脱黑暗的负赘与啮心的重担。感谢你,城市,感谢你,解救困乏灵魂的资深蓝图设计师。感谢你!出城应取道何方?

一扇门滑开。

他的妻子站在那里等候。

"啊,你在这儿啊。"她说,"酒还没醒哪。"

"不,"他说,"是长眠未醒。"

"醉鬼。"

"死者。"他说,"终于漂亮地死去,这意味着自由。我不再需要你了,死掉的阿梅,梅梅,梅根。你也自由了,你那颗粗率的良心,去缠着别人去吧,姑娘,去'毁'人不倦。我原谅你对我犯下的罪孽,因为我最终原谅自己,摆脱了基督教义的利钩。我是亲爱的流浪的死者,向生而死。去像我这样做吧,女士,从内心深处,接受惩罚并获得自由。再见,阿梅。珍重。拜拜喽。"

他信步离开。

"你这是要上哪儿去?"她大喊。

"啊呀,返回生界,融入生命的血液,最终寻得快乐。"

"快回这里来!"她尖叫道。

"你无法阻拦死者,他们云游整个宇宙,快活如黑暗旷野中的孩童。"

"哈普韦尔!"她发出河东狮吼,"哈普韦尔!"

而他已踏上银色的金属河流。

让亲爱的金属河载他离去,他大笑不止,直笑到脸上淌下亮晶晶的泪水。远走高飞,远离那个女人的尖叫、嘶吼与凄号。她叫什么名字来着?无所谓,回城外,走了便是。

他抵达城门口,径直走了出去,在明媚的阳光下,沿着运河前往远方的城镇。

那时,他唱起了自六岁起学会的每一支古老歌谣。

这是一座教堂。

不,不是教堂。

门板转动关闭,怀尔德没有阻挡。

他站在大教堂的黑暗中,等待。

屋顶,如果存在屋顶,它隐隐浮现于悬空的高处,飘零于遥不可及且不可见之地。

地板,如果存在地板,它只是位于脚下的稳固实体,同样一片幽黑。

随后,群星出现。就像童年时父亲第一次带他出城过夜的那晚,他们来到没有灯光和宇宙争艳的山巅,黑暗中布满了一千颗，不，一万颗，不，一千万亿颗星星。纷繁明亮的星星，超然挂在天上。从那时起他就知道：星星是超乎自我的存在。不论你呼吸或是止息，存活或是死亡，从四面八方投来的那些眼睛全无所谓。他抓住父亲的手，紧紧握着，好像害怕会坠入天渊。

现在，身处这座建筑，他内心充满了旧时的恐惧、旧时对美的欣赏，以及旧时渴望人类同胞的无声呼喊。群星之下，他的胸中饱含怜悯，怜悯迷失于如此恢弘尺度的渺小个体。

随后，又一个情景出现。

在他脚下，太空广袤延伸，另有数十亿粒光点穿透其间。

他脚踏虚空，如同苍蝇落足于巨型望远镜的镜片。他行走在太空的水面。他站在巨眼透明的屈光介质上方，四周从脚下到头顶的各个方向，除了繁星别无其他，一如冬夜。

就这样，最终他来到一座教堂，一座大教堂，包含众多广泛分布的宇宙神殿，有的崇拜马头星云，有的供奉猎户座星系，有的祭拜仙女座星云，如同上帝的头颅，灼灼目光穿透夜空那原初的黑暗，刺穿他的灵魂，把它钉在他肉身的背面，挣扎扭动。

无所不在的上帝，目无遮挡、一眨不眨地注视着他。

而他恰似那具肉身上剥离的细菌碎片，与之对视，面容纹丝不动。

他等待片刻。虚空中飘来一颗行星。它自转一周，展露秋高气爽的广袤地表。它行过公转轨道，来到他脚下。

他立足于这颗遥远星球上，这里草木丰茂，绿意茵茵，空气十分清新。一条小河流过，泛着粼粼波光，鱼儿跃出水面，与童年记忆如出一辙。

他知道，要经历极其遥远的旅途，才能抵达这个世界。火箭就躺在他身后，背后凝聚了一个世纪的航行、沉眠、等待，现在，回报终于到来。

"这是我的？"他询问淳朴的空气、淳朴的青草、逗留在浅滩沙洲间悠长而淳朴的水流。

世界无言地回答：它属于你。

它属于你，不必经历漫长的无聊旅途，不必从地球起飞，航行九十九年，在束缚管道中入眠，由静脉滴注取食，做地球失落无踪的噩梦，不必经历痛苦与折磨，不必反复试错，承受失败与毁灭。它属于你，不必经受冷汗与恐惧。它属于你，不必付出泪水。它属于你，属于你。

但怀尔德并未伸手接纳。

异星天空中，太阳暗淡下来。

星球从他脚下飘走。

另一颗星球飘荡过来，掠过他眼前，大张旗鼓地展露更为耀眼的胜景。

这颗星球同样旋转上前，承托他的重量。硬要比较的话，这里的田野更加绿意葱茏，山顶覆盖着正在消融的积雪，远方田野中，奇异的庄稼正在成熟，镰刀摆在田埂上，等待他扬起、挥动、收割谷物，过上想要的任何生活。

它属于你。微风轻轻触及他耳内毛发，向他传递这则消息。它属于你。

怀尔德没有摇头，只向后退去。他没有说不，思索着如何拒绝。

随即，田野里禾草枯死。

山峦崩塌。

河滩变作尘土。

星球倏然弹开。

怀尔德再次立于混沌之中，一如上帝创世前所处的空间。

最后，他开口对自己说道：

"那样最简便。啊，主啊，没错，我很乐意那样，不付出努力，什么都不做，只全盘接受。可是……你给不了我想要的。"

他仰望星空。

"什么都给不了，永远给不了。"

群星变暗。

"其实很简单,我得靠自己借,自己挣,自己获取。"

星光摇曳,熄灭了。

"万分感激,谢谢你,我不要。"

星辰全数淡去。

他转身,头也不回地走进黑暗,以掌击门,大步迈入城中。

他拒绝聆听身后机械的宇宙是否齐声呼喊、心碎抽泣,如同被抛弃的女子。宽敞的自动机械厨房里有陶瓷器皿掉落,落地时他已离去。

这是一座军火博物馆。

猎人穿行其间,左右是各种盒子。

他打开其中一个,端起构造像蜘蛛触角的武器。

它发出嗡鸣,随即一群金属蜜蜂嘶嘶响着飞出步枪枪膛,飞至约五十码外,群起叮蜇假人标靶,然后失去活力,叮叮当当落在地面上。

猎人赞赏地点点头,将步枪放回盒子里。

他潜行馆内,带着孩童般的好奇,试用这儿那儿的其他武器,有的可以溶解玻璃,有的则可熔铁销金,把金属变成黄灿灿的一摊黏滞液体。

"妙极了!""真不错!""绝对上乘!"

他将各个武器盒猛力打开又关上,惊叹声不绝于耳。

最后,他选择了枪。

这把枪不制造暴力血腥的场面,直接消灭物质。只要摁下按钮,短暂的蓝光释放过后,目标直接消失无踪。不流血,不产生耀眼铁水,不留痕迹。

"好嘞,"他离开军火馆,高调宣扬,"武器有了。那猎物呢?多年狩猎生涯中最勇猛的野兽何在?"

他跳上自行道。

一小时后,即已经过一千座建筑物,扫视过一千座开放的公园,手指却没有丝毫要发力的冲动。

他老大不自在,从这条道换到那条道,时快时慢,时而探寻这个方向,时而探寻那个方向。

最后,他看见一条金属河在地下奔流。

他本能地跳了过去。

金属河带着他深入城市隐秘的肚腹。

这里一团漆黑,像温血动物的体腔。这里开动着古怪的泵,维系城市的脉搏。这里提取的汗水润滑了道路,拉举起电梯,给办公室和商店注满活力。

猎人半蹲在自行道上,眯起双眼,掌心里汗珠积聚。他手持金属枪,食指搭上扳机,指头滑腻腻的。

"对啊,"他低声道,"苍天在上,此刻答案已清楚明了。城市本身……就是巨兽。为什么之前没想到这一点?这恐怖的猎物,城兽,一日三餐吃人。它用机器杀人,像啃面包棍一样大嚼其骨肉,像吐牙签一样吐出净骨。人类灭亡后,它还运转了很长时间。这座城市,苍天在上,是这座城市。那么,现在……"

他滑行过环形电视中央的漆黑洞窟,上面放映着遥远的林荫公路与高塔。

随着金属河沉降,他深入地下世界腹地。他经过一组计算机,它们疯狂地齐声吱吱喳喳。一台巨型机器抛出纷纷扬扬的雪花,"沙沙"地落在他身上,那是打孔产生的圆形纸屑,或许正在记录他的经过。他不免浑身一颤。

他举枪射击。

机器消失了。

他再次开枪。另一台机器下方的支架消失了。

城市发出尖啸。

频率起初极低,忽而变得极高,随后忽高忽低,如同警笛。灯光频闪,报警的铃响四处回荡。脚下的金属河颤抖着,速度慢下来。他向头顶闪着炫目白光的电视屏开枪,屏幕一闪而灭,不复存在。

城市的尖叫声越发高亢,逼得他以肉身相拼,力透骨髓,震起疯狂的黑尘。

不经意间,脚下飞速移动的自行道转了方向,即将坠入一张齿牙咬磨的机械巨口,其用途早已被遗忘了好几个世纪。待他发现时,为时已晚。

他寻思，扣下扳机就能让那张恐怖的巨嘴消失。它确实不见了踪影。然而，道路仍旧快速向前，甚至加速，令他控制不住地翻滚跌坠。他终于明白，手中武器并未真正摧毁目标，只是让实体隐形，目标仍旧存在，只是藏匿了身影。

他发出一声可怕的吼叫，足可与城市的吼声分庭抗礼。他掷出枪支，作为最后一击。枪身扎进齿轮，卡入轮面和轮齿中，扭曲，下落。

他看见的最后一样东西，是一口极深的电梯井，深入地下约一英里。

他知道再过大约两分钟就会触底。他失声尖叫。

最糟糕的事情是，在坠落中，他将全程保持清醒……

金属河震颤着，银色河面不断抖动。自行道战栗着疾速穿越金属河岸，使之摇撼不息。

行走中的怀尔德险些被这番震荡晃倒。

震荡由什么引发，他看不出。远方似乎响起过高喊声，或雄浑恐怖的低吼，却又转瞬即逝。

怀尔德继续前进。银色自行道穿梭向前。整座城市似有蓄势待发之感，仿佛张开巨口，绷紧了神经，各条巨型肌肉充分收紧，高度警觉。

察觉到这些，怀尔德便不满足于自行道的速度，开始奔走起来。

"谢天谢地,城门到了。越早离开这地方,我越开心——"

城门确实近在眼前,不足百码之外。然而,就在此时,金属河仿佛听见他的宣言,停了下来,原地颤抖片刻,开始反向移动,把他带去他不愿去的地方。

怀尔德难以置信地转身,不想却在转身途中摔倒。自行道疾行后退,他慌忙抓向路面上的东西。

道路如江河奔腾,他将脸紧贴震颤的网格,听到下方机械啮合、滚碾,嗡鸣中夹杂着擦刮声,似急流冲刷不止,无尽地热衷于远行与近郊漫步。平静金属之下,混战的黄蜂嗡嗡叮蜇,败阵的蜂群磕碰认输。他瘫倒在地,看见城门消失在身后。肩膀感觉沉重,他终于想起背负的喷气背包,或许能为他插上翅膀。

他迅速伸手,启动皮带上的开关。眼看自行道就要载他冲过棚屋与博物馆外墙之间,他已先行升空。

起飞,盘旋,再凫空而返,他悬停在帕克希尔头顶,对方随意地抬头望望,沾满油污的脏脸上露出微笑。离他远一点的城门口,站着惊慌的侍女。更远一些,码头边的游艇旁站着亚伦森,背对城市,紧张得不知是否应当前进。

"其他人哪儿去了?"怀尔德高声问。

"啊,他们不会回来了。"帕克希尔语调轻快,"很容易想到吧?我是说,这地方真不错。"

"真不错?!"怀尔德骇然。他的盘旋轨迹时上时下,转身动作极其缓慢,面带愁容:"咱们得救他们出去!这里不安全。"

"只要你喜欢,这里就是安全的。我喜欢这里。"帕克希尔说。

说这番话的当口,地震连带着狂风一齐上演,他统统视而不见。

"你要出城去,当然。"他说道,仿佛四周没有任何异样,"我就知道你要走。为什么?"

"为什么?"怀尔德猛然转身,像一只蜻蜓迫于混乱狂风阵前。他向上一冲,又往下一跌,朝帕克希尔抛出答案,而对方并未刻意躲避,只微笑着全盘接纳。"天哪,萨姆,这地方就是地狱。火星人的出走非常明智,他们发觉了自己的过度建设。该死的城市包办了所有,这样太过分了!萨姆!"

就在此刻,两人不约而同地环顾四周,向上望去,因为天空正倒扣下来,天穹的巨大顶盖一块块相互拼接。各座楼宇好似巨型的鲜花,顶部呈花瓣形张开,遮蔽楼体。窗户关上,房门紧闭,加农炮发射般的声音在街道回荡。

伴着雷鸣般的轰响,城门逐渐关闭。

对称的两端如同双颚，震颤着，相向移动。

怀尔德大叫不好，转身向下俯冲。

他听见下方传来侍女的声音，看见她高举起手，便掠行而下带上了她。他快速踢腿，喷气背包推动他们升空。

他负重冲向城门，如同子弹射向标靶。眼看下一秒就将抵达出口，城门却砰然合拢。低沉的钢铁撞击声震得整座城市都摇晃起来，他险些没能及时转向，顺着厚实的金属门壁直冲云天。

下方传来帕克希尔的大喊。怀尔德沿着墙往上飞，观察左右情况。

四面八方的天空低垂压顶，片片花瓣楼顶下翻，内收。右边只剩下最后一小块石头穹顶。他连忙加大推力，踢腿往前飞，正当最后一块钢铁法兰盘卡紧到位时，他逃了出去，城市在身后完全封闭。

他悬停空中，逗留片刻，便沿着外墙降低高度，飞到码头。亚伦森站在游艇旁边，盯着那扇紧闭的大门。

"帕克希尔，"怀尔德望着城市的外墙与大门低声道，"你这个蠢货，该死的蠢货。"

"蠢货，他们哪一个不是。"亚伦森说着转开头去，"蠢货，蠢货。"

他们继续等了一阵，聆听城市充满活力的嗡鸣，它完全自给自足，巨口内充盈着些许温暖，少数迷途之人藏身于其中某处。现在,城门将永远关闭。城市拥有充足的必需物资,足以运转很长时间。

游艇载着他们返回山外,迎着运河水流而上,怀尔德仍在回望那个地方。

一英里过后,他们遇见诗人,独自走在运河边缘。他挥手示意不必停靠。"不,不用,谢谢。我想散散步。今天是个好天气。再见,慢点开。"

城镇就在前方。小镇,小到无法料理人类,反而需要人类来运营。他听见铜管乐,看见黄昏时分的霓虹灯。夜色清新,他辨认出星空下的垃圾场。

城镇郊外高高竖立着银色火箭,等待发射升空,飞向荒野星丛。

"都是真实的,"火箭低声说,"真实的事物。真实的航程,真实的时空。没有免费的午餐,只有堆积如山的辛苦劳作。"

游艇轻巧地泊入始发码头。

"火箭!苍天啊,"他喃喃道,"等着,我一定要把你弄到手。"

他趁夜离去,正是为此。

假 日

有人提议晚餐喝点红酒。于是，查理从地窖取来一只沾满灰尘的瓶子，拔出瓶塞。

"几点了？"他问。

"咱们瞧瞧。"比尔扬起手表，"快七点了。"

三人已经在石屋里喝了一下午啤酒，收音机在沉寂的酷暑中喋喋不休。现在，太阳落山了，他们又扣上了衬衫纽扣。

"还好我姐今晚去山上了。"沃尔特开口。

"反正她也会听说的，不是吗？别墅里有电报机的吧？"

"上次听说是出故障了。"沃尔特用指头敲着石桌，"这样干等简直要命。我真恨不得没有提前收到消息，等真正发生了才抬头看见，然后大吃一惊，根本没时间思考。"

"万一今晚就上演呢？"比尔向同伴递出几杯凉凉的红酒。他在便携炉上煎着一张大蛋饼，搭配番茄酱和脆培根。

"谁知道？"查理接腔。

"上一条电报里说，它现身以后，可能会十分安静。"

沃尔特打开大窗。夜空清朗，群星渐次出现。寂静而滞闷的热气如同鼻息，笼罩着山脚的村庄。远远地，一条运河流淌过地平线边缘,闪动着波光。

"火星真是颗有趣的星球。"沃尔特评论道,望向窗外,"我做梦也没想过,最后竟然会住在这里,离家几百万英里。"

下方传来人声,两个模糊的人影东倒西歪地走过巷子。"刚过去的是约翰逊和雷明顿,"沃尔特说,"烂醉如泥了。老天,我真羡慕他们。"

"要问我哪次不希望喝醉,就是今晚了。"比尔说着,用调羹把蛋饼盛上三个石盘。"你儿子去哪儿了,沃尔特?"

夜晚的街道已然一片昏暗。沃尔特朝窗外呼喊:"乔!"不一会儿,远处就传来细声的回应:"爸爸,不能在外面玩了吗?""对!"沃尔特大声回答,"来吃饭!""但我可能会错过呀!"乔发着牢骚,慢吞吞地爬上后楼梯。"可以吃完再出去。"沃尔特说。四人在餐桌旁坐下,金发的十岁男孩盯着门口,拿起勺子飞快地往嘴里送。"慢点。"父亲提醒道,"还有谁要添酒吗?"红酒悄无声息地被倒出来。

用餐期间,他们聊得很少。

"我这盘都吃干净了。现在可以走了吗,爸爸?"

沃尔特点点头,男孩跑了出去,脚步声渐渐消失在巷子里。比尔说:"他不是在地球上出生的吧?"

"不是,一九九一年在这个火星村生的。两年过后,他妈妈就跟我离婚，回了地球。乔留了下来，因为心理学家说，太空旅行和环境变化对他影响太大，所以就跟我待在了这里。"

"今晚对乔来说，一定是不平凡的一夜。"

"是啊，他很兴奋。当然，这件事对他也毫无意义，只是一种娱乐，图个稀奇和新鲜。"

"就不能换个话题吗？"查理"哐当"一声丢下刀叉。"几点了？"有人告诉了他时间。"添点酒。"他喘着粗气，拿起酒瓶，手不停发抖。

"今晚火星人要在村里办一场盛大的聚会，"比尔说着，帮忙收拾餐桌，"我不怪他们。当年我们乘着火箭来火星殖民，也没问过他们肯不肯接纳。现在火星上有多少地球人，查理？"

"一千，只少不多。"

"嗯，那可是妥妥的少数派了，对吧？这样的夜晚，人口两百万的火星人当然有资格大肆庆祝，他们已经宣布全球放假，小孩不上学，人人都休息。所谓的'大烟花节'，有焰火之类的各种表演。"

他们走出屋外，在石头房子的阳台上坐下来抽烟。"我敢肯定今晚没戏了。"查理笑道，上唇沁出了汗珠。

"别给自己灌迷魂汤了。"沃尔特说着，拿出烟斗，"我儿子现在就在镇上，跟火星孩子们一起，大跑大闹过大节。他自己都快成火星人了。啊，就是今晚没错的。"

"不知道火星人会怎么对待我们。"

沃尔特耸耸肩。"不会怎么着吧。天啊，今晚的事，火星人究竟会怎么想。不用动一根手指，不需要过问一句，就可以直接观赏焰火表演。我觉得他们就算是为了看热闹，也会放过我们的性命；说起来，我们就是些残兵败卒，自己的文明放火烧了自己的尾巴。"

比尔缓缓吐出烟雾。"我爸还健在，今晚住伊利诺伊州的布拉夫湖村。老天，他超级讨厌共产党员。"

"没开玩笑吧？"查理当即笑道，"一九八〇年夏天，我三次经过布拉夫湖村，当时我十二岁。"

"真没想到。"比尔说。

他们坐在黑暗里，香烟烧出几个红点。远处，奔跑的脚步声、叫喊声、笑声越发响亮。狂欢的音乐奏响，鞭炮齐鸣，唢呐悠长。漆黑的人影拥入街道，烛光在每一栋倾斜的石头房子里摇曳。

"他们要爬上屋顶去看表演，"比尔轻声说，"还有些人在往山上走。他们可以度过一个美好的夜晚，吃个野餐，坐在山顶，等待壮丽焰火秀，也许还能滚一下床单。多好。"

"美好的夜晚。你在夏天去过芝加哥吗？"查理突然发问，"很热，热得要死。"

此刻，镇上的灯光已全部熄灭。沉寂的山顶上，人们仰望天空。

"有意思,"比尔说,"我刚刚想到威斯康星州梅林镇的中心学校。很多年没想起过它了。我们有个老师叫拉里比,是个老姑娘,她……"他忽然打住,喝口酒,没再说下去。

沃尔特的儿子气喘吁吁地跑上楼。

"到时间了没?"他扑到父亲膝头。

"今晚你不跟村里的伙伴一起玩吗?"沃尔特问。"不,我要陪你。"乔说,又解释道,"毕竟你是纽约人呀。"

"谢谢。"沃尔特说。

"今晚的焰火表演是谁策划的,爸爸?"

"我也想知道。"

东方,一颗绿星升起。

下方的小镇传出含糊不清的人声。

"天上那个是地球吗,爸爸?"

"对。"

"给我讲讲视效和焰火的知识吧,好吗?"

"呃,布置它要花很多资金、人力,还有时间。"

"要多久?"

"五十年吧,我猜。"

"真的好久哇。"

沃尔特抱着儿子,夜风颤抖着,缓缓吹过小巷。"什么也没看到呀。"乔说。"嘘。"他父亲低声制止。父子俩屏住呼吸。

天空中，碧绿的地球清晰可辨。

"见鬼，"查理说，"白紧张一场。我来新开一瓶，然后——"他准备起身。

天空爆炸了。

"那儿！"比尔叫道。

白光烧灼着天空，他们不禁退后。地球火焰熊熊，剧烈膨胀，变成平时大小的两倍、四倍。火无声无息地驱走了黑暗。火光好似巨大的绿红色信号弹，蹿过山上、住宅窗前、屋顶、山谷、河畔、长长的运河、干涸的海洋，照亮一张张仰起的脸。等待的三人眼中，白色火焰肆意绽放。

又转瞬即逝。

山坡上传来一声兴高采烈的响亮的惊叹，接着是杂乱的鼓点与叫喊。乔扭头看着父亲："这就完了？"

三人的手耷拉在身侧，手中香烟已经燃尽。

"完了，"沃尔特闭上眼睛说，"演出结束了。"

"什么时候再有呀？"乔问。

沃尔特迅速起身。"给，这是地窖钥匙。快跑下去搬四瓶红酒上来。好孩子，快去快回。"

他们相对无言，坐在冷飕飕的阳台上，直到男孩从地窖里取上来四瓶酒。

一了百了

"敬地球。"

"敬火星。"

"敬原子弹!"

"敬爆炸。"

他们又喝了一杯。三人坐在火星的海床上,头顶是火星的星空。三人刚从一艘银色的小型火箭飞船上下来。三人浑身颤抖,言行粗暴。威士忌辣口,他们淌汗、发抖,大呼过瘾。火箭纹丝不动。火星运河的石渠中,水流暗沉平缓。他们新开一瓶。

"这杯,敬历史悠久的美丽地球,沉默的地球,爆炸后灰飞烟灭的地球。"琼斯高声祝酒。

"与我结婚吧,威廉姆斯。"康福特说,"与我结婚,做我的爱人,与我一起印证所有的欢愉……"

"闭嘴。"

"与我结婚,我们将重新开启文明。"

"坐下!"

康福特坐下来,失声痛哭。他两手碰到一起,摸到指尖的热泪迅速滑落。仅仅六个小时前,他、琼斯、威廉姆斯还在往火箭上搬运物资,准备返回地球。他们是火星上最后的人。他们曾经怀疑,原子战争是否真像太空广播声称的那样白热化,也曾经拿这件事开玩笑。他们曾经预计一个月后抵达纽约。

然后——天空闪过那道刺眼的蓝光。

燃烧的地球,像一颗新生的小太阳,沉落到地平线下方。

他们随即开始借酒浇愁。

他们在这里,与燃烧和恐惧相伴,与威士忌和噩梦为伍,对时间和长夜已经麻木。

琼斯咽下一口酒,茫然望着虚空。"这杯,敬爱丽丝,敬我的姐姐,敬我的哥哥赫伯,敬我的奶奶、父母,还有——"他住了口。

"这杯,敬密尔沃基动物园。"康福特轻声笑道,"敬我在伊利诺伊州梅林镇人行道上铲下来的雪。敬中央公园的春天。敬一九六八年四月加利福尼亚州威尼斯区开业的一家意大利面馆——"

"这杯敬小F.罗斯福总统,敬卡沃列夫斯基总理,敬巴林顿-史密斯首相。敬世上所有的原子。敬组成瓦纳穆克溪的原子,敬我在中央公园北林用平底锅煎的那条红点鲑的原子。敬我在床上夜不能寐时,耳边随风穿过高大树木间隙的那些原子。敬各种原子。"威廉姆斯说。

琼斯恨恨地骂道:"该死!真希望我能做点什么。"他久久地盯着天空,眼眶湿润了。

"我也一样!"威廉姆斯砸碎了手里的瓶子,"咱们得做点什么。一定有办法还击,行动起来,做什么都行!"

"你什么也做不了。"康福特闭着眼睛,低声说道。

"必须有所行动,我跟你说,必须行动!"

一分钟后,火星人现身了。

他独自一人,轻盈地走过海床。他停下来,站在黄色电筒的光环中央。他头戴青铜面具,眼睛闪闪发光,像蓝色的钻石。

"等等,"威廉姆斯费劲地站起来,"我不太正常了。我好像看到有人!"

其他人也看见了……

火星人向他们打招呼。没有言语,只是思维的直接交流。他的意念飘荡过空气,如同呼吸。

康福特伸出手去。"他是实体。我摸到了!"

青铜面具点点头。一句意念盘旋在他们头脑周围的半空中。

"我叫伊欧。"

"原来真有火星人!"三人有些迟钝。

面具背过身去。"高山上的各座城镇里,我们有一千人幸存。十个月前,我们看见你们的飞船抵达。后来,又看见各艘飞船返回天空。我们等待你们全部撤离。今晚,我们看见天空中火焰熊熊。所以我来到这里,向滞留的三位发出避难邀请。"

"留着自己避难吧!"威廉姆斯凶巴巴地说,"走开,我们自己找地方!"

"但是——"

"我们过得挺好。"琼斯说。

"你们确实等得够久的。"威廉姆斯说,"几个月前怎么不下山来,跟我们正面交涉?下贱的孬种!是害怕吗?吓傻了吧,我敢肯定。是吧,康福特?是吧,琼斯?"

"没错!"

"你们在怕什么?"威廉姆斯踉踉跄跄地绕着火星人走一圈,摸摸遮盖对方瘦长身体的蓝色丝绸,快速地上下打量对方,"邀请我们?土星在上,你们才需要避难!我们来自地球!地球人!全宇宙最优秀的!到哪里都是最他妈优秀的群体,只要幸存的话,虽然我怀疑无人生还。你是什么人?"他喷了口酒气,"是男是女?摘下面具看看。我看不惯别人戴着面具到处跑!"

火星人后退一步。"我来,就是想帮助幸存的几位。"

"你是怎么学会我们的语言的?心灵感应?这几个月

来，一直鬼鬼祟祟，窥探我们的思想？肯定是！"威廉姆斯啐了一口，"哼，我们可不是为你们而幸存的，先生。我们都是大学毕业的名流，适应能力很强，不需要你们的恩赐！"

"没有需要帮忙的吗？"

"走开，"康福特说，"别他妈给我道德压力。"

"不只是那样。"琼斯握拳击上湿漉漉的手掌，"我快要疯了，感觉很想吐。我心里像打翻了五味瓶，说不出是什么味道。别逼我，先生。"

康福特心想，我们得赶紧打住。我们正在歪路上狂奔，前方等着的没有好事，必须立马打住。我们疯了。这个火星人不可能真的存在，他是我们用恐惧、愤怒、沮丧捏造出来的。我们得立即打住，然后——

火星人摆摆手。

"我们火星人，也曾有一段时间经受过不少人祸，但最终习得了智慧，在被原子能摧毁之前，及时放弃了它。今天我们留存下来的图书馆、城镇、马赛克装饰、喷泉……"

"你很得意是不是？"威廉姆斯拍拍枪套，"瞧你那副跩样。别哪壶不开提哪壶，先生。别说什么你在这儿，我的朋友们都不在。你们有一千人幸存，但我们的人全没命了。别跟我们扯这些，你——"

"做人得讲理。"火星人平静地回答，"各星球文明兴衰，幸与不幸各有参差。武器不是好东西。我们火星人禁用武器已经一万年了。"

"走开。"威廉姆斯说。

三人内心十分紧张，浑身燥热，嘴角抽动着，眼睛不停地眨。

火星人耸耸肩。"欢迎各位入住我们的城市。这个惬意的地方隐蔽山中，像一朵玫瑰，一件珠宝，在夜里五光十色。今晚它第一次亮起，因为危险已经过去。请务必来看看我们宝石一般的小镇，翠绿的草坪，雄伟的喷泉向轻柔的空气弥散阵阵水雾；孩子们在蓝色拼砖步道上欢笑，人们在别墅露台上品尝珍稀葡萄酒；眸色金黄的美女，头戴青铜面具的俊男，引吭高歌。请务必来看看这一切。"

康福特、琼斯、威廉姆斯表情僵硬，机械地随他前行。

火星人一一历数各个地方。他们要参观幽深的喷泉池，每过一秒，彩墨便在其中混成新的图案。他们要观赏墙上燃烧变幻的火焰画，要爬上水晶尖塔，塔顶盛开着已有一千年寿命的洁白永生花，像孩子一样娇嫩、温暖、柔和。他们要聆听五万年前创作的音乐，以弦乐器、管乐器、数字载体、陶瓷音响演奏……

三人东倒西歪，地面仿佛在融化。他们六眼圆瞪，脸庞湿漉漉的。

"闭嘴。"威廉姆斯说。

火星人再次张口欲言。

"我警告你,别再说了!"威廉姆斯怒吼。

火星人做个手势,仍旧低声诉说。

"那好。"威廉姆斯说。

他拔枪开火。

面具顿时炸开,烟雾簇成蝴蝶,火花与碎片飞溅。火星人那纱绸掩蔽的身体瘫成一团软泥。

康福特也拔出枪,朝那一动不动的肉体补了颗子弹。琼斯收裹好整个尸身,把它沉入运河水下。

"那么,"威廉姆斯紧握枪把,忽闪着眼睛,语速极快,"他说的那个城镇在哪里?"

三人互相点个头。

"一定能找到。"他们说。

他们爬进火箭。

"我是加州大学洛杉矶分校毕业的。"火箭控制台前的康福特说道。他们向北滑行,越过低矮的蓝色山丘。三人从火箭舷窗向外望,扫视深邃的山谷。

"我是密歇根大学。"威廉姆斯说。

"名校密歇根。"琼斯说,"我上的是南卡罗来纳大学。干一杯。"

他们紧抿着嘴唇,感到热血沸腾,兴奋不已,仿佛随时会有大事发生。

不能这么干，康福特想，不能一错再错。太疯狂了，太恐怖了，作为知识分子，我接受不了，从小的教育告诉我，这种事不能做，想都不能想。我必须出手阻止。

但他什么也没说。

"下面有什么发现吗？"威廉姆斯问。

"我在看。"康福特舔舔干燥的嘴唇，"在努力看。"

"发现了就吱一声。"

"三个大学生，好笑。"

"大学是什么？"

"不知道。"

"地球的城市里带有校园的学府。"

"地球是什么？城市是什么？校园是什么？学府是什么？"

"都是原子。"

"总有一天，我要回去看看以前的母校成了什么样子。"

"木炭、硫磺、尸粉、灰尘、烟雾、熔渣。"

"名校密歇根。干一杯？"

"住口！"

他们从火箭舱门向外张望，不免眨眨眼。

"城镇到了。"康福特笑道。

三人一齐看去。

脸上浮现微笑。

"啊呀，啊呀。"琼斯说。

他们驾驶银色火箭着陆。

踏出舱门，他们来到一座小镇的中心，这里青雾氤氲，头戴青铜面具的男人护送女伴款款而行。孩子们嬉笑着跑来跑去。喷泉高高地冲上凉爽的夜空。一切都是玫瑰、栀子、莲花的颜色，色彩弥漫流转。某个地方演奏着美妙的音乐。这是个平静的夜晚，空气中充溢着清新的气息。人人都很快乐。一场舞会正在上演，舞者在蓝色水晶窗前优雅滑步。鲜花葱茏，绿草滴翠。图书馆里，人们手捧古书端坐，翻动书页辄有琴音琮琮，在祥和宁静之中，古老的声音将旧时的知识吟唱。

整座城几乎都没发觉火箭已经着陆。

有些人看见火箭舱门向外打开，却只来得及转身，微笑凝滞在面具背后。

"就现在。"康福特扬起机枪，说道。

"就现在。"琼斯说。

"就现在！"威廉姆斯喊道。

他们扣动三支枪的扳机。

耀眼的火光中，子弹"突突突"倾泻向各座高塔，将之击倒。子弹击中喷泉，水泵破裂，水柱狂啸声如洪流。三人不断转换方向，朝各个地方射出子弹。照明灯爆炸，垂帘掉落，舞蹈中止，音乐飞散，玻璃柱与石墙被连根拔起！威廉姆斯射中一座高塔，上百万片水晶腾空，仿佛巨蝶展翼，又如繁花绽开，玻璃的零落碎裂声也像某种音乐。城里没剩一样完好的东西，子弹四射，摧枯拉朽。面具穿孔，人们应声倒下，像伏地的谷穗。爆炸声接二连三。火星人没有喊叫，只是站在原地。

子弹搜寻目标，停止呼啸，又再度搜寻，直到一个又一个活靶子、一段又一段音乐被击碎，舞蹈无疾而终，图书馆变成红色火海。

三人神情专注，半露微笑。

寂静之中，他们重新装弹，再次开火。

"有座塔给漏掉了！"

三人一齐瞄准。

"留神！有人逃跑了！"

他们杀死了他。

"还有音乐声！"

一座水晶露台上，传出最后一件乐器的乐音，又或许是录音。

他们试着射出几枪，直到音乐停止。

城市陷入沉寂。

最后一声玻璃摔碎的"哗啦"。

随后，只剩下燃烧的图书馆发出烈焰吞噬的声响，火光、暖色、高温扬起翅翼,飞向碧蓝的天空。

他们的枪筒滚烫,弹匣已空。

他们走出城外,汗流浃背,疲惫不堪。

不发一言。

他们停下来,回望身后一片狼藉,擦了擦嘴唇。

他们擦拭眼里的杂质,快速眨动眼睛,茫然、虚弱又呆滞。他们把枪松松垮垮地拿在手上,抽出最后一瓶酒,对瓶猛吹一阵,突然累得路也走不动了。

他们倒在海滩上,躺在那里,闭上眼睛。

"琼西①,琼西,琼西,"长夜漫漫,威廉姆斯张口哀叫,"琼西?"

"怎么了?"

"喝一口?"

"来者不拒。"

"给。"

他们迫不及待地狂饮,酒洒上脏污的制服,手心汗渍黏腻。夜风凛冽。

"我觉得这一手是露成功了。"

"肯定,肯定,肯定成功了!"

———————

① 对琼斯的昵称。

康福特双手抱头。"威廉姆斯，你还没说呢，还没告诉我答案。"

"什么？"

他们没有动弹。夜色深沉。

"你还没说要不要跟我结婚，威廉姆斯。"

"哦。"

"我们将印证所有的欢愉，威利①；我们要生七个孩子，开启新的世界。"

"行啊，行啊。"威廉姆斯疲惫地说，"新世界。十个孩子。"

"琼斯会给我们主婚，是吧，琼斯老头？你愿意担任牧师，对吧，琼西？"

"没错，当然。"

"真够意思。"康福特说，"你听到了吗，威廉姆斯？"

"听到了。赶紧闭嘴睡觉去吧。明早我就跟你结婚。"

"你保证？"

他央求的声音仿佛来自遥远的高处。

"我保证，说到做到！"

"因为我需要你，威利，啊，我多么需要你，我太害怕了！"

---

① 对威廉姆斯的昵称。

"嗯,没错,我知道。睡觉吧。累了累了。"

他们仍旧闭着眼请,躺在冰冷的沙滩上。"好梦。"琼斯说。

弥赛亚

"诸位年轻时,想必都做过那个不同凡响的梦。"凯利主教说。

桌旁的教众喁喁私语,频频点头。

"没有哪个基督教男孩,"主教继续道,"不曾在某些夜里遐思:我会不会就是他?有没有可能,数千年后他终于再临,我即是其肉身?假如,假如,啊,假如,亲爱的上帝,假如我就是耶稣,那该多么神气!"

在场的神父、牧师,以及唯一一位拉比轻声笑起来,回想起自己年少时的点滴,那些荒唐的白日梦,简直太蠢了。

"我想,"年轻的尼文神父说,"犹太教男孩会幻想自己是摩西吧?"

"不,不,我亲爱的朋友,"尼特勒拉比说,"是弥赛亚!弥赛亚!"

所有人不免又窃笑起来。

"确实,"尼文神父脸上顿时红一阵白一阵,"我犯傻了。基督不是弥赛亚,对吧?你的教民仍在等待他的降临。奇怪。啊,弄混了。"

"没有什么比这更容易弄混了。"凯利主教起身,陪同所有人来到外面的露台上,从此处望去,火星山丘、火星古城、老旧公路、尘沙之河尽收眼底,还有六千万英里外的地球,在外星天空中闪耀着澄澈光芒。

"大家是否曾在最疯狂的梦里畅想,"史密斯牧师说,"有一天,我们人人都能在这里,在火星上,拥有浸信会教堂,或圣马利亚教堂,或西奈山犹太教堂?"

答案是轻声的不,不,所有人异口同声。

他们站在栏杆旁,忽然有另一个声音飘过其间,打破了当前的宁静。原来是尼文神父在调整晶体管收音机对时间,而此时正在播报新闻,来自下方那片荒野,小小的美属火星新殖民地。他们凝神细听:

"……城镇附近流言纷纷。这是我区今年报道的第一位火星人,恳请各位居民尊重任何本地来客。如若……"

尼文神父关掉收音机。

"诸位难得一聚,"史密斯牧师叹道,"我必须坦承,我来火星,不只是想与基督教友共事,也期望能邀请一位火星人在礼拜日共进晚餐,了解他们的神学以及需求。"

"对他们而言,我们还是太陌生了。"利普斯科姆神父说,"我认为,再过一年左右他们才能明白,我们不是来狩猎野牛求取毛皮的。但是要压抑好奇心还是很难,毕竟'水手号'传回的照片显示这里没有任何生命;而这里的的确确有生命，非常神秘，与人类还有五分相似。"

"五分？阁下，"拉比啜了口咖啡，沉吟道，"我感觉他们甚至比我们更具人性。他们允许我们登陆。他们一直藏在山里，根据猜测，只是偶尔伪装成地球人来到我们中间——"

"那么，你真的相信他们拥有心灵感应和催眠能力，从而能在我们的城镇里任意行走，使用假面和幻象愚弄我们，却无人能够识破？"

"我确实相信。"

"那今晚真可谓沮丧之夜。"主教说着，向会众分发白兰地和薄荷甜酒，"火星人竟然不愿现身，接受吾等受启者的拯救——"

不少人会心一笑。

"——基督再临已经推迟了数千年。主啊，我们还要等多久？"

"拿我自己来说，"年轻的尼文神父开口道，"我从来没幻想过自己要成为基督。一直以来，我只是一心一意地想目睹他的再临，从八岁起就有这个愿望，它很可能是我做牧师的首要原因。"

"这样，万一他果然再临，你好近水楼台先得月？"拉比和善地打趣道。

年轻牧师欣然一笑，点点头。教友们感受到想要伸手摸摸他的冲动，因为他隐隐触动了所有人内心那根小小的惬意的神经，让人陶醉在无边的温柔之中。

"拉比，诸位，"凯利主教举起酒杯说，"请允许我祝酒，致弥赛亚的始临与基督的再临。愿那不再是自古流传的愚蠢白日梦。"

众人同饮杯中酒，一时无话。

主教擤擤鼻子，擦了擦眼睛。

那天傍晚余下的时间，也像其他无数个夜晚一样，神父、牧师、拉比打起了牌，就圣托马斯·阿奎那的著作展开论辩，最终，尼特勒拉比大杀四方的严密逻辑大获全胜。他们称他诡辩家，同饮着夜酒，聆听晚间广播新闻：

"……有人担心，这位火星人也许觉得被困在了社区内。任何人见到火星人都应当避免目光直视，以便让他经过。好奇心似乎是他的行为动机。不必为此惊慌。我们的结论是……"

神父、牧师、拉比一同走向门口，一边探讨各自翻译过的《新约》与《旧约》的多语言版本。就在这时，年轻的尼文神父冷不丁开口：

"你们知不知道，曾经有人让我写一个福音书题材的剧本？还得给电影设置一个结局！"

"耶稣的一生，"主教提出疑问，"不就只有那一个确定的结局？"

"但是，主教阁下，这同一个结局，在四福音书中各有出入。我对照过，越比较越兴奋。为什么？因为我重新注意到了一些差点遗忘的细节。最后的晚餐，并不是真正的最后的晚餐！"

"我的乖乖，那它是什么？"

"哎呀，主教阁下，就是第一场，后边还有好几场晚餐，先生。后边还有好几场！在耶稣受难及下葬之后，那称作彼得的西门，不是与其他门徒一道，在加利利海捕鱼吗？"

"没错。"

"因为神迹，渔网里打来了满满的鱼？"

"确实。"

"他们看见加利利海岸上有白光，不是就靠岸走去，发现眼前好像铺着烧得炽白的煤，上面烤着新捕的鱼？"

"是的，啊，没错。"史密斯牧师说。

"在炭火那柔和的光芒之上，他们不是感觉到灵的存在，并向它呼唤？"

"对。"

"一时未得到应答，那称作彼得的西门不是又低声问：'是谁？'加利利海岸上那未知的灵便将手伸进火光，掌心有钉子扎穿的伤迹，永远无法愈合的圣痕。他们不是看得一清二楚?

"他们本想逃跑,但那灵开口说话了:'把这些鱼拿几条来,给你的弟兄们吃。'那称作彼得的西门就拿起在白热的炭火上烤好的鱼,给众门徒吃。基督那飘渺的灵接着又说:'记下我的话,往普天下去,向列邦万民传赦罪的道。'

"然后基督离开了他们。而在我的剧本里,我安排他沿着加利利海岸走向地平线。人远远走向地平线的时候,就有登高的感觉,对吧?因为天边的土地有升高的视觉效果。他就这样沿着海岸一直走,直到变成远处的一粒微小尘埃,然后再也看不见了。

"当太阳升起,照耀在那个古代世界,他在海滨沿岸留下的上千只脚印已被黎明的风吹散,化为乌有。

"众门徒也离开了,回味着口中真实的、真正的、最终的、最后的晚餐的滋味,铺在沙滩上的炭灰闪着火星纷飞。在剧本中,我让摄像机拉到高空,遥摄众门徒往北、往南、往东各自离去,向普天下传扬那一个人必须传扬的事迹。他们在沙滩上的蜿蜒脚印朝四面八方放射,如同巨型车轮的辐条,也同样被晨风吹散。新的一天来临。剧终。"

年轻神父站在朋友中间,双目紧闭,脸颊烧得通红。突然,他睁开眼睛,仿佛记起了自己身在何处:

"对不起。"

"为什么道歉？"主教流着泪，不停眨着眼睛，用手背抹眼皮，"因为一晚上害我哭了两次？怎么，表白了对基督的爱之后，反而不自在？哎，你让我重新认识了道，重新认识！而我自以为了解神的道已经一千年了！你让我的灵魂焕然一新，啊，拥有少年心的优秀年轻人。在加利利海岸吃鱼才是真正的最后的晚餐。太棒了。你真正有资格亲见上帝。基督再临必定是为了你，只有这样才公平！"

"我不配！"尼文神父说。

"谁不是呢！不过，假如灵魂可以交易，那我愿意立即把自己这颗贷出去，借入你那一尘不染的灵魂。再干一杯吧，先生们？致尼文神父！最后，各位晚安，已经很迟了，晚安。"

祝酒入喉，众人皆散去；拉比和牧师们下山前往各自的圣所，留下神父们在门口伫立最后一刻，展望火星这颗陌生星球。寒风凛冽。

火星的午夜来临，然后是凌晨一点、两点、三点，夜晚清寒，尼文神父在梦中动了动。烛光闪烁，发出轻柔的呢喃，窗前叶影摇曳。

他突然在床上坐起，半是被梦中暴民的叫喊和追赶惊醒。他侧耳倾听。

下方,远远地,他听见有一扇外门关闭。

尼文神父匆忙套上袍子,走下牧师馆昏暗的楼梯,穿过教堂,里面各处燃烧着十几支蜡烛,投下各自的光圈。

他巡视一遍所有的门,心想:真蠢,教堂为什么要锁门?有什么可偷的?但他仍坚持睡眼惺忪地巡夜……

……发现教堂前门没锁,被风轻轻推开。

他打个寒战,关上门。

奔跑的脚步声轻轻传来。

他左右转身。

教堂空无一人。神龛里的烛火时而往这边飘,时而朝那边斜。四周充溢着燃蜡与焚香的气味,古韵绵长,那些物品遗留自漫长时间与历史中的各家市场,追忆着其他的太阳,其他的正午。

他瞟了眼主祭坛上方的十字架,中途蓦地僵住。

夜色中,传来一滴水落下的声音。

他缓缓转身,望向教堂后部的洗礼堂。

那里没有蜡烛,然而——

领洗池所立的那个小凹角发出微弱的白光。

"凯利主教?"他轻声唤道。

他沿过道慢慢走去,身体变得冰冷。然后他停下脚步,因为——

又一滴水落下,撞击水面,融入水中。

听上去像是某个地方的水龙头在滴水。可是这里没有水龙头，只有领洗池而已，某种液体正一滴一滴地缓慢落入其中，每两声之间，间隔三次心跳。

尼文神父的内心秘密地向自身吐露了什么，随即怦怦狂跳，然后又慢下来，几乎停止，他霎时间大汗淋漓。他发觉自己无法动弹，却又必须动弹，两脚一前一后，终于抵达洗礼堂的拱形门口。

那处狭小空间的黑暗之中，确实有一道苍白的微光。

不，不是光。是一个形状，一个人影。

那人影立在领洗池后面，身姿挺拔。水珠滴落的声音停止了。

尼文神父的舌头在口中打结，眼睛瞪得像疯子一样，却只见漆黑，仿佛骤然失明。视觉随即恢复，他鼓足勇气叫道：

"谁！"

短短一个字，在教堂前后左右回荡，振得烛火摇曳，香灰拂动。回声迅速传来：谁！惊得他自己也内心发怵。

洗礼堂内唯一的光芒来自对面所立人影身着的白袍，虽然微弱，却足以让他看清一件不可思议的事实。

尼文神父望见那人影移动，向洗礼堂的半空伸出一只苍白的手。

那只手脱离了身旁的灵，仿佛有些不情愿地举在半空，像是被尼文神父那惊惧又痴迷的目光捕捉，引到前头来，极力抗拒着展露苍白掌心隐藏的秘密。

掌心穿了一个边缘参差的洞，渗出血来，慢慢汇成一滴，又一滴，缓缓向下掉落，滴进领洗池。

血滴触及圣水，给它染上红色，荡起涟漪慢慢散开。

那只手在原处持续停留，牧师惊异不已，眼前时而发黑，时而正常。

他仿佛猛然挨了一记重拳，大叫着跪倒在地，喘息不止，半是绝望，半是顿悟，一手捂住眼睛，一手朝那异象推去。

"不，不，不，不，不，不，不，不可能！"

他感觉灵魂猛然抽离了身体，就像跟前来了个恐怖的牙医，不用麻醉剂，直接上手一把将它连根拔起，鲜血淋漓。他感觉躯体前扑，生命被扯了出去，啊，上帝啊，它的根……好深！

"不，不，不，不！"

然而，眼见为实。

他再次透过交叉的指缝向外望去。

对方仍在那里。

那骇人的血淋淋的手掌颤抖着，血滴过洗礼堂的半空。

"够了！"

手掌收回，消失不见。那灵仍立在原地，等待。

他俊美的面容十分眼熟，那双异族的美丽眼眸深邃而犀利，神父知道，不论什么情形下都必然如此。他嘴型温柔，飘逸的发缕与胡须衬得脸色愈加苍白。他身着的长袍款式简朴，常见于加利利附近的海岸与旷野。

神父动用了极大的意志力才止住泪水，压下噬心的惊异、怀疑与震惊，那些不通世故的情愫在内心蠢蠢欲动，随时作势要爆发。他颤抖不已。

然后看到那身影，那灵，那人，那幽鬼，那未知的存在，同样在颤抖。

不，神父想，不可能！他也怕？怕……我？

此刻，那灵剧烈颤抖，似乎深陷于与神父无异的情绪漩涡，抖动得如同神父本人的镜像，他张大嘴，紧闭双眼，哀求道：

"啊，求求你，放我走吧。"

听到这话，年轻的神父愈加瞪大眼睛，喘息不定。他想：可你是自由的，没人硬要把你关在这里！

就在那一瞬间，幻象喊道："不！是你把我关在了这里！拜托，请移开视线！你越是看我，我就越是被框进这个形体里面！我不是你看见的这副样子！"

可是，神父心想，我没有说话！我的嘴唇没有动！这灵怎么会知道我的心思？

"我了解你全部的心思。"苍白的幻象说道,颤抖着,在晦暗的洗礼堂中连连后退,"了解你思虑的每一句话,每一个字。我不是故意要来的。我只是试探性地来镇上看看,忽然间,就被许多人误会成了许多种样子。我往外跑,他们追上来,我逃到这里。门开着,我进来了。然后,然后——啊,然后就出不去了。"

不对,神父想。

"对的,"那灵哀声道,"是你。"

现在,明晰的真相化作更为可怕的重压,神父哀叫出声,紧抓住领洗池边缘,拉动躯体摇摇晃晃地慢慢起身。最后,他壮起胆子,咬牙问出这个问题:

"你不是……我看见的样子?"

"不是,"对方说,"请原谅。"

我要疯了,神父心想。

"切勿这样,"那灵说,"否则我会和你一起陷入疯狂。"

"我不能拱手放开你,啊,亲爱的上帝,既然你已在此现身。这些年,我做了无数个梦,莫非你有所不知,我实在无法全身而退。两千年来,整个人类种族都在等待你的再临!是我,我遇到了你,亲见了你——"

"你遇到的只是你自己的梦。你亲见的只是你自己的渴求。在这背后——"人影手抚胸口长袍,"真实的我,完全是另一回事。"

"那我该怎么做！"神父骤然情绪失控，一会儿看看天，一会儿看看面前的灵，"怎么做？"他的叫喊使得那灵抖了一下。

"移开视线，我就能立即到门外去，消失不见。"

"就——就这样？"

"拜托。"那人说。

神父浑身战栗，连续做了好几下深呼吸。

"啊，要是这一刻能持续一个小时，那该多好。"

"你要杀我吗？"

"不是！"

"如果你继续逼迫我以当前形态留在这里，再过一小会儿，我就要死在你手上了。"

神父咬着指节，感受到一阵悲痛，战栗着，穿透骨缝。

"那你——你是火星人？"

"一点不假。"

"是我用意念把你困在了这里？"

"并非你主观故意。你下楼的时候，你的旧梦缠住了我，把我带来这儿。你隐秘的想法给我的掌心赋予了伤口，还在流血。"

神父茫然摇头。

"再等一下……稍等……"

他目不转睛，如饥似渴地注视着黑暗中立于光明的灵。那张脸十分俊秀,而且,啊,那双手散发出爱悯,无法以任何言语形容。

神父点点头,内心悲伤涌起,仿佛此刻刚从真正的各各他山返回,显灵的时刻已经消逝,加利利附近的沙滩上散落着即将熄灭的煤炭。

"如果——如果我让你走——"

"请务必,啊,请务必!"

"若我放你走,你能否答应——"

"什么?"

"你能否承诺再回来?"

"回来?"黑暗中的人影惊问。

"每年一次,我要求你每年回来一次,来这个地方,这个领洗池,在同一天夜晚——"

"回来……?"

"请承诺!啊,我必须再次见证这一时刻。你不明白这有多重要!请承诺,否则我不让你走!"

"我——"

"请口头承诺!发誓!"

"我承诺,"黑暗中苍白的灵说,"我起誓。"

"谢谢你,啊,谢谢。"

"明年,我需要在哪天回来?"

此时,泪珠已渐渐从年轻神父的脸上滚落。他几乎想不起自己要说什么，说出口的声音也细小得听不清：

"复活节，啊，上帝啊，没错，复活节，一年后！"

"请不要哭泣，"人影回答，"我会来的。你说复活节是吗？我知道你们的历法。我答应。现在——"苍白的受伤的手挥过空中，温和地请求，"我可以走了吗？"

神父咬紧牙关，以免哀愁爆发，恸哭失声。"离开之前，请祝福我吧。"

"像这样？"那声音说。

那只手伸过来触摸他，悄无声息。

"快！"神父喊道，闭上眼睛，双手用力握拳顶在胁侧，以免自己本能地伸手去捉拿对方，"快走，不然我会把你永远关在这里。快跑。快跑！"

苍白的手最后一次触碰他的眉头。赤脚跑动的轻响传来。

一扇门向星空敞开，又砰地关上。

关门声久久回荡在教堂，抵达每一座祭坛，进入每一个壁龛，传向穹顶，如同一只落单的鸟儿在半圆形后殿盲目乱飞，左冲右突，寻求出路。教堂终于停止震动，神父将手放在胸前，似乎在叮嘱自己要如何行事，如何恢复呼吸，镇静，冷静，站直……

最后，他跌跌撞撞来到门前，手贴门板，想把它使劲推开，望向外面的路。现在路上肯定没有行人，又或许有一个白衣人影，正远远遁走。但他没有开门。

他走过教堂上下，完成锁门的程序，为眼下有事可忙而感到高兴。要前往所有门口，还有很长一段路；要迎来下一个复活节，还有很长一段时间。

他在领洗池前停下，注视着那不留一丝红色的清澈水面。他蘸湿手，冷敷眉头、鬓角、脸颊、眼睑。

然后慢慢走上过道，在祭坛前躺下，任由满腔情绪汹涌，以致流出泪来。他听见自己的哀声传向高处，又从寂静钟楼痛苦地返回。

他流泪，为诸多缘由。

为他自己。

为片刻之前在这里的那人。

为那漫长的时日，直等到岩石推开，发现墓穴空空如也。

直等到那称作彼得的西门再次看见火星海岸上的灵，明白自己就是西门彼得。

而他流泪的首要原因是，啊，是，是……此生他无法向任何人提及今夜……

午夜来电

他猜不出这首古老的诗何以浮现于脑海,而它赫然出现:

> 设想,再设想,再设想
> 绵远黑色电话线杆上的线缆
> 将每个长夜听见的漫漫亿万词语
> 及其所有内涵与意义
> 悉数吸收。

他卡壳了。后面是什么?啊,对了……

> 之后,在夜里拼接
> 搭配组合一切
> 在思辨阶段
> 像笨拙的孩子牙牙学语。

他再次卡壳。这玩意怎么结尾的?等等——

> 如此,蒙昧的野兽
>
> 无比珍视元音与辅音
>
> 搜集惊人的馊主意
>
> 让它滤去耳语和心跳
>
> 一次只有一声口齿不清的低语。
>
> 于是不久的一晚,有人未眠
>
> 听见尖锐的铃响,执起电话
>
> 便传来一个声音,犹如圣灵
>
> 远远散播至各个星云
>
> 线缆上那头野兽,
>
> 张开口"嘶嘶"品味
>
> 历经欧陆时代的疯狂
>
> 说声"嗐",再是"噢"
>
> 拼成一个"哈啰"。

他做个深呼吸,诵出尾句:

> 面对如此造物
>
> 如此电兽,笨拙,粗野,糊涂
>
> 明智应答却当何如?

他静静坐着。

他坐着。这位八十岁的老人，坐在空荡荡的屋子里。屋子所在的房舍空空荡荡，所在的街道空空荡荡，所在的城镇空空荡荡，所在的星球——火星，也空空荡荡。

他坐在那里等待，如今已这样坐了五十年。

他面前的桌子上放着一部电话，已经很久很久没有响起。

此刻它颤动着，秘密地做出预备。或许正是它的颤动，唤起了这首诗……

他的鼻孔翕动一下，瞪大了眼睛。

电话的抖动无比轻微。

他前倾身子，紧盯着它。

电话……响了。

他惊得跳起，后退一步，椅子倒在地板上。他失声大喊，喊叫道：

"不！"

铃声再次响起。

"不！"

他想伸手，终于伸出手去，却把那东西碰掉在桌下。听筒脱离了叉簧，正当第三声电话铃即将响起之时。

"不……啊，不，不。"他轻声念叨，手捂胸口连连摇头，对脚边的电话不管不顾，"不可能……不可能……"

毕竟，火星上没有一个活人，只有他一个在这房间里。房舍空空荡荡，城镇空空荡荡，唯有他硕果仅存。他是荒山之王……

然而……

"……巴顿……"

有人在叫他的名字。

不，什么东西嗡嗡响着，仿佛远方沙漠地带的蟋蟀和蝉在鸣叫。

巴顿？他想，哎呀……哎呀，不就是我吗！

太久没有听过别人叫他的名字，他都快忘记自己姓甚名谁了。他不是那种随时以己名自称的人，从来没有——

"巴顿，"电话里叫道，"巴顿。巴顿。巴顿。"

"住口！！"他大吼。

他踢了听筒一脚，弯下腰，大汗淋漓，气喘吁吁，把它放回叉簧上。

刚放好，那该死的东西又响了。

这一次，他屈指握住它，用力挤压，像是要扼住它的咽喉。最后，他看见指关节耗得发白，血色尽失，才松开手拿起听筒。

"巴顿。"一个遥远的声音从十亿英里之外传来。

他等了一会儿，心脏又跳动三下过后，才开口。

"我是巴顿。"他说。

"哎呀，哎呀，"对方的声音此时仅相距一百万英里了，

"你知道我是谁吗？"

"天哪，"老人说，"过了半辈子，接到第一个电话，就跟我玩猜谜游戏。"

"抱歉，我犯蠢了。你当然认不出电话里头自己的声音，谁都一样。每个人习惯听到的本人声音，都是来自头骨的传导。巴顿，我也是巴顿。"

"什么？"

"你以为会是谁？"那声音说，"火箭机长？你以为有人来救你了？"

"不。"

"现在是何年何月？"

"二〇九七年七月二十日。"

"老天爷，五十年了！这么长的时间，你一直坐在那里，等着地球派来火箭吗？"

老人点点头。

"那么，老爷子，你知道我是谁吗？"

"知道。"他打了个激灵，"我记得。我们是同一个人。我是埃米尔·巴顿，你也是埃米尔·巴顿。"

"有一点不同。你八十岁了，我才二十岁，整个人生还在前方等着我！"

老人先是大笑，然后哭了起来。他坐在那里，五指紧抓着电话，像个迷路的傻孩子。这段离奇诡异的对话不应该继续下去，但他没有就此终止。他稳下心神，拿近了听筒，说道："那个你！听着，啊，老天，我多想给你一句忠告，可是怎样才能办到？你只是一个声音。我多想让你看看，未来这五十年有多么孤独。趁早了结，自杀吧！别磨蹭！要是你知道那种感觉，现在的你是怎样慢慢转变成今天、此时、此地、电话这头的我。"

"不可能！"年轻巴顿的笑声从远处传来，"我无法确认你是否真正接到了这通电话。这些全是机械生成的。你交谈的对象是模拟语音，仅此而已。现在是二〇三七年，你的时间往前推六十年。今天，地球上打响了原子战争。所有殖民者都被召回了地球，乘火箭离开火星。唯独我被抛下了！"

"我记得。"老人低声说。

"一个人在火星上，"年轻的声音笑道，"待一个月，待一年，有什么关系？这里有吃的，有书看。我在空余时间已经制作好了模拟语音库，包含上万个单词和应答，用我的声音，与通信基站相连。往后的时光，我会打电话聊天。"

"嗯。"

"六十年过后，我本人的磁带会给我打来电话。其实我觉得自己不会在这火星上待那么久，这只是我做的一个美妙的悖论推断，打发时间用的。真的是你吗，巴顿？真的是未来的我吗?"

泪水从老人眼中滚落。"是的。"

"我在一千座火星城镇制作了一千个巴顿,磁带形式,对所有问题都能敏锐应答。等待火箭返回的期间,火星上空组建起了巴顿军团。"

"傻瓜。"老人疲惫地摇头,"你等了六十年。在永恒的孤独等待中,慢慢变老。六十年后的现在,你变成了我,仍旧孤身一人,在空荡荡的城市。"

"别跟我博同情。对于我,你就像远在另一个国家的陌生人。我不能难过。制作这些磁带的时候,我还活着。听到这些磁带的时候,你也还活着。你我都无法理解对方,无法给予对方警告,即使彼此互有回应,一方是自动机械,另一方拥有人类的热情。我是现在的人。你是将来的人。真够疯狂的。我不能哭,因为面对未知的未来,我只能乐观。这些隐藏的磁带只会对一定数量的刺激做出反应。你总不能让逝者哭泣吧?"

"住口!"老人大喊,感受到熟悉的绞痛发作,恶心感袭遍全身,眼前一片黑暗。"啊,老天,从前的你真没良心。走开!"

"从前的我?老爷子,是现在的我。只要磁带持续卷动,只要转轴运行,隐藏的电子眼读取、选择并转换字音发送给你,我就能保持年轻,没心没肺。到你死后很久,也依然保持年轻，没心没肺。再见。"

"慢着！"老人喊道。

咔哒。

巴顿把沉默的听筒抓在手里，坐了很长时间，心脏剧烈绞痛。

真够疯狂的。刚刚与人群隔绝的那些年，他还年轻，那时多么愚蠢，又多么有干劲，组装电话主脑、磁带、电路，安排前后相继的各次呼叫。

电话铃声响起。

"早安，巴顿。我是巴顿。七点了，快起床，迎接闪耀的一天！"

又来了！

"巴顿？我是巴顿。今天中午你要去火星城，安装语音系统。我觉得应该提醒一下你。"

"谢谢。"

铃声响了！

"巴顿？我是巴顿。一起吃个午饭吧？去火箭酒馆？"

"好。"

"那就这样。再见！"

叮铃铃铃铃！

"是你吗，老巴？我觉得应该给你打打气：'昂首挺胸！'之类的。说不定救援火箭明天就能来救我们。"

"是啊，明天，明天，明天，明天。"

咔哒。

岁月已燃成了青烟。巴顿静音了那些不怀好意的电话及其聪明机智的妙语连珠，当且仅当他活到八十岁以后，才会再接到电话。而今天，电话铃声响起，往事在他耳畔呼吸，低语，回忆。

电话！

他任由响铃继续。

不必接，他想。

铃声持续。

那一头根本没有人，他想。

铃声不止。

这就像是自说自话，他想，但又不一样。啊，老天，太不一样了。

他的双手鬼使神差地拿起听筒。

"喂，老巴顿，我是年轻的巴顿。今天我二十一岁了！去年，我又给另外两百座城镇安装了语音系统。我把巴顿军团派驻到了整个火星！"

"嗯。"老人记起六十年前那些夜晚，驾驶满载机械的卡车，快活地吹着口哨，冲过碧蓝的群山，冲进铁红的河谷。再安一部电话，再竖一座基站。找点事做。做聪明的事，美妙却又悲伤。隐秘的语音。隐秘，隐秘。在那青春的年月，死亡不是死亡，时间也不是时间，老年只是漫长岁月洞窟前方传来的微弱回声。那个年轻的傻子，以施虐为乐的傻子，从来没想过，到头来苦果会由自己收获。

"昨晚，"二十一岁的巴顿说，"我独自坐在电影院里，镇上空无一人。我放了一部劳莱和哈代的老片。天哪，我笑疯了。"

"嗯。"

"我有个主意。把自己的声音重叠一千遍，录在磁带上，到镇上广播出来，听起来就像一千个人在说话。人群的嘈杂，那种声响令人欣慰。把它做好，再往镇上加入关门的声音，孩子唱歌的声音，八音盒播放的声音，全凭机械控制。只要不往窗外看，光靠听的话，完全没问题。要是看一眼，幻象就破灭了。我觉得我有些孤独。"

老人说："这是你的第一丝破绽。"

"什么？"

"你第一次承认孤独。"

"我还做了气味的试验。走在空无一人的街道上，能闻到房屋里飘出熏肉、鸡蛋、火腿、牛排的味道。全都是用隐藏的机器制造的。"

"疯子。"

"是自我保护！"

"我累了。"老人突然挂断。受不了了。过往渐渐将他淹没……

他摇摇晃晃地走下塔楼阶梯,走上小镇的街道。

镇上一片漆黑。红色霓虹灯不再闪耀,音乐不再播放,饭菜的香味不再萦绕。很久以前,他就已放弃了机械谎言的幻象。听!是脚步声吗?闻一闻!那不是草莓派吗!他早已终止了这一切。

他来到运河边,粼粼的水面星光闪烁。

水下,像鱼一样一排排列队、锈蚀遍布的,是他多年前制造的火星机器人。曾经,他无可抑制地认识到自己疯狂的失败,于是命令它们齐步走,一二三四!踏入运河深处,垂直下沉,冒起汩汩气泡,如同沉水的空瓶。他杀了它们,没有展现出丝毫悔意。

一座昏暗小屋里,电话铃声隐隐传出。

他继续往前走。铃声消停了。

前方又一座民房内传来铃声,仿佛知晓他的经过。他奔跑起来。身后铃声停止,却又由身旁的房屋即时接力——铃声此起彼伏,追踪延续。他不停狂奔。又一部电话响起。

"好!"他身心俱疲,嘶声尖叫,"我这就接!"

"喂,巴顿。"

"你到底要干吗?"

"我很孤独。只有说话才能让我活着,所以我必须说话。你不能永远剥夺我说话的权利。"

"别烦我!"老人惶恐尖叫,"啊,我的心脏!"

"我是巴顿,二十四岁。又是几年过去了,我还在等。稍微孤独了一些。我读了《战争与和平》,喝了雪利酒,开了几家餐厅,服务员、厨师、表演艺人全由我一人包揽。今晚,我在趣伏里拍电影——埃米尔·巴顿,出演《遗失的情苦》,分饰所有角色,有些还戴假发!"

"别再打电话了——不然我就杀了你!"

"你杀不了我。要杀我,你得先找到我!"

"我会找到你的!"

"你已经忘了藏匿我的地点了。我无处不在,配线箱、居民房、电话线、信号塔、地底下!来啊,试试吧!你管这叫什么?杀电话,还是杀自己?你是嫉妒吗?嫉妒这里的我,仅仅二十四岁的青春年华,耳聪目明,身强体壮。好啊,老头,这是一场战争!你和我之间,我和我之间的战争!我有一整个军团,各个年龄的你,与你为敌,与真实的你为敌。来啊,宣战吧!"

"我要杀了你!"

咔哒。寂静。

他把电话扔出窗外。

寒冷的午夜，汽车驶入深谷。巴顿脚边的地板上，放着左轮手枪、步枪、炸药。汽车的轰鸣声穿透他细弱而疲惫的骨头。

我要找到他们，他想，把他们全部消灭。啊，上帝呀，他怎么能这样对我？

他停了车。一座陌生小镇静卧在暗夜的双月之下。没有一丝风。

冰冷的双手紧握步枪，他细细观察各个电话线杆、信号塔、配线箱。这座城镇的语音藏在哪里？那座信号塔，还是那边那座？时隔太久。他疯狂地转头，时前时后，时左时右。

他端起步枪。

第一颗子弹射出，信号塔应声而倒。

那就全拆了，他想，镇上所有信号塔都给拆掉。我确实忘了。太久了。

汽车沿着寂静的街道行驶。

电话铃声传来。

他看了眼废弃的药店。

里面有部电话。

他紧握手枪，射开门锁，走了进去。

咔哒。

"喂，巴顿？我只是警告你，别想着要推倒所有信号塔，炸毁通信网。那样你是自寻死路。好好考虑一下……"

咔哒。

他慢慢走出电话亭，来到街上，聆听信号塔在高空嗡嗡作响，仍旧生气勃勃，仍旧毫发无伤。他望着高塔，忽然想通了。

他不能摧毁信号塔。假如地球发射来火箭，虽说是痴心妄想，但万一它今晚，或明天，或下周真来了呢？万一它降落在星球另一侧，尝试用电话和巴顿联系，却发现线路不通？

巴顿放下了枪。

"不会有火箭来的。"他轻声反驳自己，"我已经老了。也太迟了。"

但是，万一它来了，你却得不到消息呢？他想，不，必须保持线路畅通。

又一阵电话铃响起。

他木然转身，拖着步子走回药店，摸索到听筒。

"喂？"一个陌生的声音。

"拜托，"老人答道，"别烦我。"

"谁在说话，你是谁？你是谁？你在哪儿？"那声音惊讶地喊道。

"等一等。"老人脚下踉跄，"我是埃米尔·巴顿，你是谁？"

"我是48型阿波罗火箭的罗克韦尔机长，刚刚自地球抵达。"

"不，不，不。"

"你还在吗，巴顿先生？"

"不，不，不可能。"

"你在哪儿？"

"你骗我！"老人忽觉虚弱，只得靠在电话亭上，冰冷的眼前什么也看不见，"巴顿，是你在捉弄我，又来骗我！"

"我是罗克韦尔机长。刚刚着陆，在新芝加哥。你在哪里？"

"格林别墅，"他喘息道，"离你六百英里。"

"我说，巴顿，能否请你过来一下？"

"什么？"

"我们的火箭正在修理，飞行途中损耗过度。能请你来帮个忙吗？"

"可以，可以。"

"我们在城外的着陆场。你明天能过来吗？"

"可以，那个——"

"怎么？"

老人轻抚着听筒。"地球怎么样了？纽约怎么样了？战争结束了吗？现在谁是总统？都有些什么新鲜事？"

"等你到了以后,有的是时间闲聊。"

"一切都还好吧?"

"挺好。"

"感谢上帝。"老人细听另一端传来的声音,"你确定你是罗克韦尔机长?"

"搞什么鬼,伙计!"

"对不起!"

他挂断电话,快步跑开。

等待这么多年,他们终于来了,他的同胞,要带他返回地球的海洋、天空、群山的怀抱。简直不敢相信。

他发动了汽车。他要开一整晚夜车。这趟冒险值得,为了重新与人类相见、握手、交谈。

汽车轰鸣着行过山间。

那个声音。罗克韦尔机长。不可能是四十年前的自己。他从来没有录过这样的音频。但,是否真有过?莫不会在一次抑郁症发作中,在一次酒后狂言间,曾经伪造了一盘磁带,谎称一个虚构的机长,率领一队想象中的乘员登陆了火星?他猛烈摇头。不。他这个多疑的傻瓜。现在可不是质疑的时候。今晚他得披星戴月,彻夜疾驰过火星。他们将举办怎样的盛会!

太阳出来了。他感到极其疲惫,仿佛浑身爬满刺藤和荆棘,他的心猛烈跳动,手指扒拉着方向盘,但想到上一通电话，便喜不自胜：喂，年轻的巴顿，我是老巴顿。我今天就要出发去地球了！得救了！他虚弱地笑笑。

日落时分，他驶入新芝加哥阴暗的城市边缘，下了车，揉着发红的眼睛，站在车旁，凝望火箭着陆场。

场地空空荡荡。没有人跑来迎接他。没有人与他握手、喊叫或大笑。

他感到心脏在咆哮。他感受到黑暗，以及从高空自由落体的感觉。他跌跌撞撞地走向一间办公室。

里面，六部电话被整齐地摆成一排。

他喘息不定，独自等待。

终于，铃响了。

他举起沉重的听筒。

一个声音说："我一直在想，你能否活着抵达目的地。"

老人没有说话，双手握着听筒站在那里。

那个声音继续道："罗克韦尔机长报到。请指示，长官！"

"是你。"老人发出一声呻吟。

"你的心脏还好吗，老头？"

"别说了！"

"我必须想办法消灭你，才能让自己活下去，如果模拟语音也能称作生命的话。"

"我现在就出去。"老人回答，"我不管了，我要把一切都炸毁，把你们全炸死！"

"你没有那个力气。你以为我为什么要叫你尽快来这么远的地方？这是你最后一次出门了！"

老人感觉心头一颤。他永远去不了其他城镇了。战败了。他就势坐上椅子，发出低沉的哀鸣。他瞪着另外五部电话。仿佛有谁一声令下，响铃忽然齐声大作，像一窝丑鸟竞相聒噪。

自动听筒弹了起来。

办公室里天旋地转。"巴顿，巴顿，巴顿！"

他双手紧扣住一部电话，用虎口用力掐它，却止不住它的嘲笑。他捶它，踢它，把盘曲的螺旋线缠在指间撕扯。它掉落在他踉跄的双脚周围。

他连续打碎了三部电话。四下里骤然无声。

此时，他的身体仿佛发现了一个保守已久的秘密，似乎在往下沉落，拖拽他疲惫的骨头。眼睑的皮肉像花瓣一样摊开，嘴枯萎了，耳垂像烧软的蜡。他双手捧着心口，面朝下摔倒。他静静躺在地上。呼吸停止。心跳停止。

过了很久，剩余的两部电话响了。

某个地方的基站"咔哒"一响。两部电话的声音，彼此接通。

"喂，巴顿？"

"你好，巴顿？"

"我二十四岁。"

"我二十六岁，咱们都还年轻。出什么事了？"

"我也不知道。你听！"

寂静的房间里，老人躺在地板上一动不动。风吹进破窗，送来凉爽的空气。

"祝贺我吧，巴顿，今天是我二十六岁生日！"

"祝你生日快乐！"

两人齐唱着生日歌，歌声飘出窗外，细微，轻幽，渗入死寂的城市。

蓝 瓶

日暮滚到白色鹅卵石中间。空中的鸟儿如今飞翔在岩石和沙子组成的古老天空，葬身其中，歌声止息。死寂的海底流淌着灰尘，风吹动尘流在陆地肆虐，指挥它重现古老的洪荒传说。城市中囤积了深重的沉默、积攒的时光、无声记忆的泉池。

火星死了。

然后，在广博的静滞中，从极为遥远之处，传来一声虫鸣，声音越发嘹亮，穿过肉桂色的山间，传过绚烂阳光下的空气，直到古城的公路随之颤动，簌簌抖落灰尘。

声音停止了。

正午微光闪耀的寂静之中，阿尔伯特·贝克和莱纳德·克雷格坐在古旧的陆地车上，眺望一座死城。城市在他们的凝视中岿然不动，静静等待他们的喊叫：

"喂！"

一座水晶塔倒塌，碎片纷如细雨，腾起烟尘。

"有人吗？"

又倒下一座。

贝克不停地喊叫，一座又一座高塔接连倒下，响应他的死亡召唤。生有宽阔花岗岩翅膀的石兽向下俯冲，势如破竹，击中庭院和喷泉。他的喊声就像活的猛兽呼唤同伴，猛兽们纷纷回应，发出低吼，舒展筋骨，昂首挺胸，倾斜身体，颤抖着迟疑少许，随后破空扑下，张开空洞的眼睛与狰狞的大口，永不餍足的利齿猛然展露，裂成碎片散落在地砖上。

贝克等了一阵。不再有塔楼倒塌。

"现在可以安全进去了。"

克雷格不为所动。"还是同样的目标？"

贝克点点头。

"就为一个破瓶子！我不理解。怎么人人都想要它？"

贝克下了车。"发现它的人从没详谈，也从没解释过。但是——它是个古董，历史久远得就像沙漠，就像干涸的海——里面装什么都有可能。传说是这么讲的。正因为它什么都可以容纳——嗯，会激起人们的饥渴。"

"你饥渴，我不会。"克雷格说。他微微动了动嘴皮子，双眼半闭着，脸上略显笑意。他伸了个懒腰。"我只是顺道搭个车。看你瞎忙活，总好过在暑热里呆坐。"

一个月前，贝克意外发现了这辆古旧陆地车，之后克雷格入伙。它是火星第一波工业入侵时的淘汰品之一，当人类继续向星空迈进，火星殖民即宣告终结。他改装了发动机，驾驶它从一座死城到另一座死城，所经之地到处是闲散游民、临时工、梦想家、懒汉,被太空逆潮拍到后面的人,像他和克雷格这样,什么事都不愿卖力去干,觉得火星是个摆烂的好地方。

"五千年前,一万年前,火星人制造了蓝瓶,"贝克说,"是用火星玻璃吹制的——之后,不停地失而复得、得而复失。"

他凝视着死城摇曳的热浪。我这一生成就为零,贝克想,零的内部也还是零。而其他人,更优秀的那些,他们实现伟业,去了水星,或金星,或飞跃出太阳系。除了我。没有我。但是,蓝瓶将改变这一切。

他转身离开熄火的车子。

克雷格跟着他下了车,吊儿郎当地走在后面。"你都搜寻十年了,现在有什么进展?你睡觉乱抽抽,半夜老惊醒,白天狂冒汗。那个破瓶子,你想得要命,却不知道里面装着什么。你这个傻子,贝克。"

"闭嘴,闭嘴!"贝克说着,踢开一溜挡道的鹅卵石。

他们一起走进毁弃的城市,脚下,破碎的地砖组成一幅马赛克画,织成一匹柔弱火星生物图案的石头锦缎,微风扰动沉寂的尘埃,死去已久的野兽渐渐现身,又重新隐没。

"等一下。"贝克说着,将双手拢在嘴边,放声大喊,"有人吗?"

"……人吗？"回声传来，高塔纷纷倒塌，喷泉和石柱拦腰折断。这些城市就是这样。有时候，壮丽如交响乐一般的高塔会因为一个语词而倒塌，这种场面，就像看着巴赫的康塔塔乐曲在眼前分崩离析。

片刻，新的尸骨即已将旧的埋葬。尘埃落定。仍有两座建筑完好无损。

贝克朝同伴点个头，迈步向前。

一路走，一路寻找。

找着找着，克雷格停下来，嘴角浮现淡淡的微笑。"那个瓶子里，"他说，"是不是有个小小的蜂窝纸折的女人，像那种锡纸杯一样折叠起来，或者像那种日本纸艺花，泡在水里就会盛开？"

"我不需要女人。"

"没准你需要。因为你从没拥有过真实的、爱你的女人，所以，那很有可能就是你内心隐藏的愿望。"克雷格撇撇嘴，"或者，那个瓶子里，也可能装着你童年的碎片。一个包罗万象的缩微景观——湖、你爬过的树、绿草、小龙虾。听上去怎么样？"

贝克的目光聚焦在遥远的某个点。"有时候——差不多就是吧。从前——地球——我也说不准。"

克雷格点点头。"瓶子里装着什么，也许取决于谁在往里边看。那么，如果里面是一杯威士忌……"

"接着找。"贝克说。

这里有七个房间,里面全是亮晶晶忽闪闪的玩意儿。圆桶、大肚罐、酒瓶、瓮、花瓶,以朱红、粉红、黄色、紫色、黑色玻璃制成,从地面直堆到多层吊顶的天花板。贝克将它们一一打碎、毁灭,免得它们混淆进度,回头又重找一遍。

贝克搜完一个房间,摆好架势准备入侵下一个。他几乎不敢继续,害怕这一次就能找到,于是搜寻完成,人生就此失去意义。他的一生原本没有目标,直到十年前,踏上漫漫征途从金星前往木星的火焰旅行者,向他讲述了蓝瓶的传说。从此他心中燃起狂热,一直燃烧不息。只要拿捏好分寸,寻得蓝瓶的期望可以充溢他整个人生。他可以继续搜寻三十年,只要三天里认真打鱼,两天里随心晒网,从不亲口承认重要的根本不是瓶子,而是搜寻本身,奔跑,寻找,在蒙尘的城市间,马不停蹄。

贝克听到一声轻响。他转身走到一扇窗前,俯视外面的庭院。一辆小型灰色沙滩摩托车喷着尾烟驶上街道尽头,噪音很轻。一个金发胖子将身体从弹簧座上挪下,站在那儿眺望这座城市。又一个寻宝人。贝克叹了口气。成千上万的人在不断地寻找。不过,这种一碰就碎的城镇与村庄足有几千座,要挨个筛查一遍得花上一千年。

"你那边怎样？"克雷格出现在门口。

"不走运。"贝克嗅嗅空气，"你有没有闻到什么味道？"

"什么？"克雷格左看右看。

"闻起来像——波本威士忌。"

"嗬！"克雷格笑道，"是我啊！"

"你？"

"我刚喝了一口。隔壁房间找到的。像往常一样，推开一些东西，一堆乱七八糟的瓶子，发现其中一瓶装了些波本威士忌，所以就赏了自己一点。"

贝克盯着他，浑身发起抖来。"这里——这里怎么会有波本威士忌，还装在火星瓶子里？"他双手发冷，缓缓向前踏出一步，"给我看看！"

"我确定……"

"给我看看，混蛋！"

它在房间的一个角落，这个火星制造的玻璃容器，如天空一般湛蓝，大小相当于一颗小果子，拿在手上轻飘飘的。贝克把它放在桌子上。

"里面有半瓶波本威士忌。"克雷格说。

"我没看到里面有东西。"贝克反驳。

"那你摇一摇。"

贝克把它拿起来，小心翼翼地摇了摇。

"听到没？咕嘟咕嘟响。"

"没有。"

"我听得一清二楚。"

贝克把它放回桌上。阳光从侧窗射进来，纤细的瓶身上迸出蓝色的闪光，像一颗蓝色星星握在手中。它是正午时分浅海湾的蓝，它是清晨时刻钻石的蓝。

"就是它，"贝克轻声说，"我知道是它。不必再找了。蓝瓶已经得手。"

克雷格一脸狐疑。"你确定看不到里面有东西？"

"看不到……但是——"贝克弯下腰，凑近去细看蓝色玻璃宇宙的深处，"可以这样，不管里面有什么，只要打开放一点出来，不就知道了？"

"瓶口我塞紧了的。给。"克雷格伸出手去。

"两位先生，打扰了。"一个声音从身后的门口传来。

金发胖子持枪走进他们的视线。他没有看他们的脸，只盯着那个蓝色玻璃瓶，脸上露出微笑。"我非常反感用枪，"他说，"但是又非用不可，因为我真的必须得到那件艺术品。我建议你们让我顺利拿到手。"

贝克几乎有些高兴。宝藏尚未开启即遭失窃，这场意外有一种恰到好处的美感，这种事或许正是他内心所愿。此刻，他面前展开一条美好的前路：追踪、打斗、数次夺回又数次失去，也许还要再花四五年时间进行新的搜寻，才能最终了结恩怨。

"现在，过来。"陌生人说，"交出来。"他举枪示警。

贝克把瓶子递给他。

"太棒了，真的太棒了。"胖子说，"真不敢相信竟然这么简单，走进门，听到两个人对话，就这么把蓝瓶直接交给我了。太棒了！"他暗自窃喜，信步穿过走廊，回到天光下。

火星清冷的双月高悬，午夜城市仿佛蒙尘的白骨。陆地车沿着稀疏的公路"哐啷哐啷"颠簸行进，经过一座座城市，城里静卧的喷泉、陀螺仪、家具、画作、吟唱金属歌声的书籍，无不沾满砂浆粉末和昆虫碎翼。有的城市已不再是城市，城中各处全磨成了细沙，随着酒红色的风在不同土地之间无谓地往来绽放，像一只巨型沙漏里的沙子，往复堆叠沙锥，无穷无尽。沉默被车头冲破，又在车尾迅速合拢。

克雷格说："绝对找不到他了。这些破公路，这么旧，除了坑洼就是土石，没一处平顺。他骑摩托有优势，躲闪转弯都方便。该死！"

汽车突然转向，避开一段糟糕的路面。他们行驶过古旧的公路，像一块橡皮擦划过障目的积尘，所经之地被擦得干干净净，展露出路面上远古火星马赛克艺术原有的翠绿与金黄。

"等等。"贝克叫道，松开汽车油门，"我刚看到后面好像有什么。"

"哪儿？"

他们往后倒了一百码。

"那儿。你看，就是他。"

路旁的沟里，胖子屈身趴在摩托车上，一动不动。他大睁着眼睛，贝克拿手电往下照照，那双眼珠子呆滞地映出灯光。

"瓶子哪儿去了？"克雷格问。

贝克跳进沟里，捡起那人的枪。"不知道。没了。"

"他怎么死了？"

"这个我也不知道。"

"车看来没问题，不是车祸。"

贝克把尸体翻个身。"没有外伤。看起来像是——自己停了车。"

"心脏病吧，可能。"克雷格说，"得到瓶子太兴奋了，跑到这里躲着。以为能缓过来，结果没扛过去。"

"那蓝瓶丢了怎么解释？"

"其他人来过呗。老天，你知道有多少寻宝人……"

他们快速扫视身周的黑暗。远处，漆黑的星空下，在蓝色的山头，他们发现了隐约的动静。

"那上面。"贝克指了指,"有三个人在赶路。"

"他们肯定……"

"天哪,你瞧!"

下方的沟里,胖子的身躯发出光芒,开始溶解。双眼变得像急流冲刷下的月光石那般晶莹,脸渐渐化成火焰。头发好似小串的鞭炮,被点燃了,火花飞溅。他们看见尸体冒出轻烟,手指随着火焰猛烈摇摆。随后,如同一尊玻璃雕像被巨锤砸碎,尸体轰然碎裂,一团闪亮的粉红碎片腾空而起,又散成一阵薄雾,随夜风飘过公路。

"他们肯定——对他做了什么。"克雷格说,"那三个人,用一种新式武器。"

"这种事以前也发生过。"贝克答道,"我听说有人得到蓝瓶以后就消失了。接着,蓝瓶转手给其他人,他们也消失了。"他摇摇头,"他分解的场面,就像上百万只萤火虫……"

"你要去追他们吗?"

贝克回到车上,以评判的目光打量着沙丘,骨白色细末堆积成山,万籁俱寂。"任务艰巨,但我觉得可以开车穿过这里,追上去。现在,我必须这么做。"他顿了顿,又自言自语道,"我觉得我知道蓝瓶里有什么……最后我发现,我最想要的东西确实在里面,等着我。"

"我不去。"克雷格说着来到车旁,贝克已在黑暗中坐下,双手放在膝盖上。"我不会跟你去追三个有武器的人。我只想活着,贝克。那个瓶子对于我毫无意义。我不会为它冒生命危险。但我祝你好运。"

"谢谢。"贝克说完,便驾车离开,驶入沙丘。

夜里很凉爽,仿佛有冷水冲刷着陆地车的玻璃引擎盖。

贝克猛踩油门,驶过干涸河床的冲积土以及风化出粉尘的乱石,行过雄伟峭壁之间。双月的光华如同缎带,将崖壁上神像与兽像的浮雕全部涂成金黄:高度达一英里的面孔上蚀刻着火星的历史与字符印记,肖像神乎其技,开敞的洞穴做了圆睁的眼睛与大张的嘴。

发动机的咆哮震得大小石块纷纷坠落。好一阵石头雨倾盆而至,月光笼罩下的悬崖顶部,金色的古代雕刻碎片滑落,消失在深蓝的清凉暗夜。

轰鸣声中,贝克一边驾驶,一边将思绪抛向过往——过去十年里的几千个夜晚,他在海床上生起红色篝火,心事重重地慢慢烹制晚餐。他也做梦。梦里总在渴求什么,具体却不清楚。从刚刚成年开始,便尝遍地球生活的艰苦,二一三〇年的大恐慌,饥荒、混沌、暴乱、匮乏。然后飞越行星,度过没有女人、没有爱的岁月,孤独的岁月。人类离开子宫降临世上,离开黑暗进入光明,自己眼中真正想要的究竟是什么？

后边沟里那个死人是怎么回事？难道他一直在寻找额外的东西，自己没有的东西？像他这样的人，或者任何寻宝的人，究竟能得到什么？到底有没有东西值得期待？

蓝瓶。

他迅速刹车，跳出车门，手中枪已上膛。他伏身跑进沙丘。前方，三个人整齐地躺在冰冷的沙滩上。都是地球人，脸晒得黝黑，衣服质地粗糙，双手磨出了茧子。蓝瓶也躺在他们中间，瓶身上星光闪耀。

贝克目睹三人的尸体开始溶解。蒸汽升腾，结出露珠与雪晶，尸体逐渐消失，不久便没了踪影。

雪花在贝克眼前飘落，拂过他的嘴唇和脸颊，他感到一阵寒意侵身。

他呆在原地。

那个胖子，死了，消失无踪。克雷格的声音响起："一种新式武器……"

不，根本不是什么武器。

是蓝瓶。

他们已经打开它，找到各自最为渴望的东西。漫长而孤独的岁月里，无数心怀渴望的愁闷之人打开过它，得到全宇宙各行星上最想要的东西，无一不得偿所愿，包括这三个人。现在可以理解，为什么瓶子会在人们之间迅速传递，为什么经手的人会一一消失。收割过的空壳在沙滩上扑打，散落在干涸海洋的边缘，变成火焰和萤火虫，以及迷雾。

贝克拾起瓶子，远远地拿在跟前，打量了很长时间。他的眼睛清澈闪亮，双手不住颤抖。

那么，这就是我一直找寻的东西？他想着，转动瓶子，瓶身闪烁着蓝色星光。

那么，这就是所有人真实的渴望？内心深处的隐秘欲望，完全隐藏在永远猜不到的地方。潜意识的冲动。这就是每个人历经个体的某种罪孽，终要寻求的东西？

死亡。

怀疑的终结，磨难、枯燥、空虚、孤独、恐惧的终结，一切的终结。

所有人都这样？

不，克雷格不是。克雷格或许幸运得多。宇宙中有一些人活得与动物无异，逆来顺受，该吃吃该喝喝，该生生该养养，一刻也不曾怀疑生活根本就不美好。克雷格正是如此，他和他的少数同类，就像辽阔保护区里快乐的动物，听凭上帝摆布，尊崇某种宗教信仰，如同一整套特殊神经在体内生长。广大神经症人群中，十亿里挑一的钝感人，只追求活够以后自然死亡。不求速死，稍待以后。

贝克举起瓶子。多么简单，他想，多么正确。这正是我一直以来想要的。别无其他。

别无其他。

瓶口是开着的，瓶身在星光下呈现蓝色。贝克吸入一大口蓝瓶中流出的空气，深深吸进肺里。

我终于得到它了，他想。

他松弛下来，感觉身体变得清凉惬意，又变得温暖舒适。他感知到自己沿着一条长长的繁星滑道，滑向如红酒一般美妙的黑暗。他在蓝白红三色的葡萄酒中畅泳。他的胸中燃烧着蜡烛，熊熊火轮旋转。他感觉双手离开身体，双腿也飞走了，甚是有趣。他大笑。闭上眼睛，开怀大笑。

有生以来第一次感受到极乐。

蓝瓶坠落向凉爽的沙滩。

黎明时分，克雷格吹着口哨前行。阳光洒下第一缕粉色光芒，他看见瓶子躺在空旷的白色沙滩上。他上前拾起，耳边传来火热的低语，数不胜数的橙色与红紫色萤火虫在空中闪烁，随后消失了。

四下里变得无比沉寂。

"有没有搞错。"他瞅了一眼附近城中死气沉沉的窗户，"嘿，贝克！"

一座细细的高塔应声溃成齑粉。

"贝克，你的宝贝在这儿！我不想要，自己来拿！"

"……来拿!"回声说道,最后一座塔也倒塌了。

克雷格等了等。

"发财了。"他说,"瓶子就在这儿,老贝克竟然不来拿走。"他摇晃蓝色的容器。

它咕嘟咕嘟响。

"是它,先生!就跟之前一样。满满的波本威士忌,天哪!"他打开喝一口,擦了擦嘴。

然后把瓶子漫不经心地拿在手上。

"为了几口波本威士忌,费那么多事。我就在这里等老贝克,把这破瓶子给他。同时——再喝点儿吧,克雷格先生。我要来一口,别介意。"

死寂大地上,只剩下液体流进焦渴喉咙的声响。蓝瓶子在阳光下闪着耀眼光芒。

克雷格展颜欢笑,再饮一口。

黑皮肤，金眼眸

火箭的金属外壳在草甸的风中冷却下来。顶盖"砰"地向外弹开。钟表般精密的舱内走出一男一女和三个孩子。母子四人低声叽叽喳喳地跑过火星草甸，留下男人独自站在一旁。

男人感到发根颤动，身体组织紧绷，仿佛正站在真空中央。眼前的妻子似乎要化作一缕烟飘走。孩子们则像三粒小种子，随时可能被播向火星的各个气候带。

三个孩子仰头看着他，就像人们仰望太阳，推算自己生命所余的时日一样。他面色冰冷。

"怎么了？"妻子问道。

"咱们回火箭上去吧。"

"回地球？"

"是啊！你听！"

风声劲吹，仿佛要一片片剥落他们的身份。火星空气随时可能抽走他的灵魂，如同抽走白骨中的骨髓。他感觉自己浸没在一种化学物质中，这种物质可以溶解他的智力，将他的过往腐蚀殆尽。

他们看着火星上的山丘，它们遍布岁月的痕迹，承载过无数年代的千钧压力。他们看见古老的城市淹没在草甸中,就像纤细的儿童骨骸,平躺在波澜荡漾的青草之湖底下。

"别扫兴,哈利,"他的妻子说,"太晚啦,而且咱们刚刚飞了六千万英里。"

黄头发的孩子们朝着火星深邃的天穹高声喊叫。没有任何回答,除了疾风吹过坚挺草叶发出的飒飒声响。

他用冰凉的双手提起行李。"那走吧。"他说——如同站在大海边缘,终于决意踏入其中,逐渐溺毙。

他们走进古城。

这一家子姓比特林。丈夫叫哈利,妻子叫科拉;三个孩子分别是丹、劳拉、大卫。他们建起一座白色小屋,在里面吃了美味的早餐,但恐惧如影随形。它萦绕在比特林先生和比特林太太身边,像个横插一脚的第三者,打扰他们每一场午夜谈心,惊搅每一个黎明的初醒。

"我觉得自己像颗盐晶,"他说,"落入山涧,被激流冲走。我们不属于这里。我们是地球人。这里是火星。它只适合火星人。苍天啊,科拉,咱们买票回家吧!"

但她只是摇摇头。"总有一天,原子弹会干掉地球。那时候,咱们待在这里都很安全。"

"安全是安全,人也疯了!"

滴答，语音时钟悦耳地报出七点整；起床时间到。他们随即起床。

不知出于什么原因，他每天早晨都要把所有东西检查一遍——温暖的壁炉、红花老鹳草盆栽——就像是担心会出什么岔子。早六点的地球火箭送来新鲜出炉的晨报。他撕开封签，拿到吃早餐的地方，斜立起来。他逼着自己摆出快活的样子。

"殖民时代再度全面来袭。"他宣布，"哎呀，十年以后，火星上会有一百万个地球人。大城市，什么都有！以前有人预言要失败，说我们的入侵会招致火星人的仇恨。可我们找着火星人了吗？一个活人都没有！啊，我们是发现了火星人的空城，但是城里一个人都没有。对吧？"

一阵风流淌过来，将房舍淹没。窗户终于不再哗啦啦响了，比特林先生咽了口唾沫，看着孩子们。

"不一定。"大卫答道，"也许火星人就在周围，但是我们看不见。夜里有几次我觉得听到了他们的声音。我听到风的声音。沙子打在窗户上，我很害怕。我看到远远的山上那些城市，火星人很久以前生活的地方。我好像看到过城里有东西在动，爸爸。我不知道那些火星人会不会介意我们住在这里。我也想知道，咱们来了这么久，他们是不是会一直这样无动于衷。"

"胡说！"比特林先生看向窗外，"咱们是干干净净的正派人。"他看着孩子们,"所有的死城里都滞留着某种幽灵,我是指记忆。"他凝望群山,"看到楼梯,你不免会想,火星人爬楼梯是什么样子。看到火星人的画作,你自然就想知道画家长什么样。你的脑海中生出一个小幽灵,留下一段记忆。这是很正常的。想象力使然。"他止住话头,"你没上那片废墟里闲逛吧?"

"没有,爸爸。"大卫低头看着鞋子。

"注意别靠近那儿。果酱递给我一下。"

"还是一样,"大卫小朋友说,"我打赌一定会有事发生。"

那天下午就有事发生。

劳拉大哭着,踉踉跄跄地跑过住所,闷头冲上门廊。

"妈妈,爸爸——打仗了,地球!"她抽泣道,"刚刚收到无线电快报,原子弹袭击了纽约!所有太空火箭都被炸毁了。不会有火箭来火星了,再也没有了!"

"啊,哈利!"母亲紧紧抱着丈夫和女儿。

"你确定吗,劳拉?"父亲轻声问道。

劳拉泪水汹涌。"我们要滞留在火星上了,永远,永远!"

良久,渐晚的午后唯有风声。

在这里单打独斗。比特林想,我们只有一千人。无法返回。没有退路。无路可退。汗水在他脸上、手上、全身倾如雨下；他沉浸在炽烈的恐惧之中。他想给劳拉一拳，大喊："不，你在说谎！火箭会回来的！"但他没有，而是抱着劳拉，摸摸她的头，说道："总有一天，火箭能够前来。"

"爸爸，咱们可怎么办呀？"

"当然是做自己能做的事，种庄稼，把孩子养大。等待。让生活维持下去，直到战争结束，火箭再次到来。"

屋里的两个男孩也已踏上门廊。

"孩子们，"他坐在那儿，视线望向他们身后说道，"有个消息要告诉你们。"

"了解。"两人说。

接下来的日子，比特林经常在花园里徘徊，独自呆站着，与恐惧为伴。从前的他能接受火星生活，只因众多火箭在太空中织出一张银网，于是他总会告诉自己：明天，只要我想，就能买张票返回地球。

而今，银网消失了，火箭静静躺在一堆堆熔化的桁梁与拉直的线缆之间，整齐地相互拼嵌。地球人被遗弃在陌生的火星，留在肉桂色沙尘与红酒色空气中，像人形姜饼被火星的夏天焙烤，留待火星的冬天来收获并储藏。他，还有其他人，会怎么样？这一刻火星已经等待了许久，现在就要张口将他们吃掉。

他紧张地跪倒在花坛上，手中握着铲子。干活，他想，努力干活，免得胡思乱想。

他在花园中仰望火星山脉。他思索着那些山峰曾经拥有的骄傲的火星语古地名。地球人从天而降，凝望火星上的山丘、河流、海洋，曾经有名有姓的无名之地。火星人曾建城且为之名，曾登山且为之名，亦曾航海且为之名。后来，山脉融化，海水干涸，城市倾覆；饶是如此，地球人赋予这些古老山丘与河谷新的名字时，内心仍暗暗感到愧疚。

然而，人总要靠符号和标签生活，于是依旧命了名。

火星阳光下，花园里的比特林先生感到无比孤独。他自觉身处错误的时代，在荒野土壤中种植地球的花朵。

思考。持续思考不同的内容。让思绪远离地球，远离原子战争，远离失落的火箭。

汗如雨下。他环顾四周，没人在看，便解开了领带。相当大胆，他想，先是脱掉外套，现在又解开领带。他把它平整地挂上一棵桃树，那是由马萨诸塞进口的树苗长成的。

他继续思索各座山脉与命名的哲学。地球人更改了地名。现在火星上有荷美尔谷、罗斯福海、福特山、范德比尔特高原、洛克菲勒河。这样不对。美洲的拓荒者本已展现了智慧，使用古老的印第安草原的名称：威斯康星、明尼苏达、爱达荷、俄亥俄、犹他、密尔沃基、沃基根、奥西奥拉。古老的名字,古老的含义。

他眼神疯狂地望着群山,心里想着:你们在山上吗?所有逝去的灵魂,火星人哪!我们在这里,形单影只,与家园隔绝!下山吧,带我们离开!我们很无助!

风吹过,桃花簌簌飘落。

他摊开晒成棕色的手,低声惊叫了一下。他伸手触及落花,把它们拾起来,颠来倒去地看,摸了一遍又一遍。然后他呼唤妻子:

"科拉!"

她出现在窗前。他向她跑去。

"科拉,看这些花!"

她接过去。

"瞧见了吗?它们不一样了,变异了!已经不是桃花的样子了!"

"我看着还好呀。"她说。

"不对,这花不对劲!我说不出来是什么,多了片花瓣、叶子,或者别的什么,颜色,香味!"

孩子们跑出门外,正好看见父亲在花园中忙活,从菜圃里拔起萝卜、洋葱、胡萝卜。

"科拉,来看看!"

他们传看那些洋葱、萝卜、胡萝卜。

"这个像胡萝卜的样子吗?"

"像……又不像。"她难以定断,"我不知道。"

"它变异了。"

"也许吧。"

"你明明知道它们变异了!是洋葱又不是洋葱,是胡萝卜又不是胡萝卜。味道是一样的,又有点差异。气味也和之前有所区别。"他感觉心在狂跳,内心充满恐惧。他把手指戳进泥土。"科拉,到底怎么了?这是怎么回事?咱们得逃离这些怪象。"他跑过花园,把每一棵树挨个摸过去,"玫瑰花,玫瑰花,变绿了!"

他们一同站在那里,观看绿色的玫瑰。

两天后,丹匆匆跑来。"快来看那头奶牛。我挤奶的时候发现了怪象。快来!"

他们站在牛棚里,看那头唯一的奶牛。

它冒出了第三只角。

而房前的草坪,悄无声息地慢慢染上春日紫罗兰的颜色。来自地球的草种,长出了淡紫的色泽。

"咱们必须逃离这儿。"比特林说,"我们吃了这些东西,也会跟着变化——谁知道会变成什么?不能让这种事情发生。只有一种方法:把这些食物统统烧掉!"

"它们又没有毒。"

"有的。微毒,微乎其微。一点点,很少一点点。咱们千万不能碰。"

他颓然望着住宅。"就连房子也是,被风刮过,让热空气蒸过,叫夜里的雾浸润过,早变异了,板材全都弯翘变形了。已经不是地球人住的房子了。"

"啊,你可真会想象!"

他穿上外套,打上领带。"我要去趟镇上。咱们现在必须采取点行动。我去去就回。"

"等一等,哈利!"妻子叫道。

而他已经走远。

镇上,杂货店阴凉的台阶上,男人们手抚膝盖坐地谈天,极为悠闲自在。

比特林先生真想朝空中开一枪。

在干什么,你们这群傻瓜!他想,竟然干坐在这里!大家都已经听到新闻——我们要滞留在这个星球上了。所以,行动起来啊!你们不害怕吗?不害怕吗?你们打算怎么办?

"你好,哈利。"每个人都和他打招呼。

"我说,"他对大伙开口,"几天前,大家肯定都听到那则新闻了,对吧?"

众人点头大笑。"当然。当然了,哈利。"

"那你们打算怎么应对?"

"应对？哈利，应对？我们能怎么应对？"

"造火箭啊，还能怎样！"

"火箭？哈利，就为了回去搅和战乱吗？啊，哈利！"

"你们肯定也想回去吧。大家有没有注意到桃花、洋葱，还有紫色的草？"

"怎么了，是啊哈利，大家应该都发现了。"其中一个人说。

"你们不觉得可怕吗？"

"不记得有多可怕了，哈利。"

"白痴！"

"哎呀，哈利。"

比特林想哭。"各位请务必帮我忙。要是留在这里，大家都会变异。空气，你们没闻到吗？空气里有什么东西，也许是火星病毒，或者种子、花粉之类的。请听我一言！"

他们于是盯着他。

"萨姆！"他直接点名。

"啥事，哈利？"

"搭把手，一起造火箭吧？"

"哈利，我店里的各类金属材料一应俱全，图纸也有几张。你要想去我的五金车间造火箭，我很欢迎。原材料就卖你五百美元吧。你应该能造出一个正儿八经的漂亮火箭，一个人干的话，大概三十年就行。"

大家都笑起来。

"别笑。"

萨姆好脾气地静静看着他。

"萨姆，"比特林说，"你的眼睛——"

"怎么了，哈利？"

"以前不是灰色的吗？"

"那个啊，我不记得了。"

"是灰色的，没错吧？"

"问这干吗，哈利？"

"因为它现在有点泛黄。"

"是吗，哈利？"萨姆的语气很无所谓。

"你长高了，也变瘦了——"

"这话倒可能说对了，哈利。"

"萨姆，你的眼睛不该是黄色的。"

"哈利，你的眼睛是什么颜色？"萨姆说。

"我的眼睛？当然是蓝色的。"

"给，哈利。"萨姆递给他一面袖珍镜子，"瞧瞧你自己。"

比特林先生犹豫一下，然后把镜子举到跟前。

他的蓝色眼眸中，新近进驻了极浅的金色小点。

"哎呀，看看你在干啥。"没过多久，萨姆说道，"你把我的镜子打碎了。"

哈利·比特林搬进五金车间,开始制造火箭。男人们站在敞开的门口,有说有笑,但音量不大,偶尔也会帮他抬一两样东西,但多数时候只是在旁边无所事事,用泛黄的眼睛盯着他看。

"晚饭时间到了,哈利。"他们说。

他的妻子挎着藤条筐出现,给他送来晚餐。

"我不会碰它一下的,"他说,"我以后只吃冷冻食品,地球的食物。咱们花园里长的坚决不吃。"

他的妻子站在一旁看着他。"你造不出火箭的。"

"我以前在车间里打过工,二十岁的时候。我对金属了如指掌。只要架势立起来,其他人就会来帮忙。"他边说边展开图纸,甚至没看她一眼。

"哈利啊,哈利。"她无助地叹息。

"咱们得逃离这儿,科拉。必须离开!"

夜晚风声肆虐,吹过月光下空旷的草海,掠过浅滩上静待了一万两千年、形如棋盘的白色小城。地球人聚居区里,比特林家的屋舍在风中晃动,变化的感觉弥漫各处。

比特林先生躺在床上,感觉全身骨头像金子一样熔化、变形、重塑。躺在身边的妻子,已被无数个午后的艳阳晒得黝黑,拥有了黑肤金眸的容颜。孩子们也一样,像一块块黑铁在各自床上安眠，风凄厉地呼啸，改换着面目，吹过古老的桃树、紫色的草坪，摇落翠绿的玫瑰花瓣。

恐惧不肯消停。它噎住他的喉咙，堵住他的心房，潮乎乎地渗透他的胳膊、鬓角与颤抖的手掌。

一颗绿星自东方升起。

一个陌生的词语浮现在比特林先生唇间。

"爱沃特，爱沃特。"他反复念叨着。

这是一个火星词。但他根本不懂火星语。

半夜，他起床拨通了考古学家辛普森的电话。

"辛普森，'爱沃特'这个词是什么意思？"

"哎，那是古代火星语里称呼我们的祖星地球的词。怎么想到问这个？"

"没什么特别的原因。"

电话从他手中滑落。

"喂，喂，喂，喂，"他呆坐在那里，凝视着窗外绿色的星星，听筒里仍在传出声音，"比特林？哈利，你还在吗？"

之后的几天，金属声终日陪伴着他。三个纯看热闹的人不情不愿地出手，帮助他搭好了火箭框架。忙了差不多一个小时，他就累得不行，只得坐下歇息。

"高反呢这是。"一个人笑道。

"你这几天吃饭了吗，哈利？"另一个人问。

"我吃了。"他生气地说。

"全是冷冻的？"

"没错！"

"你瘦了，哈利。"

"我没有！"

"也长高了。"

"胡扯！"

几天后，妻子找他借一步说话。"哈利，冷柜里所有食物都已经吃光了，一丁点儿也不剩。往后我得用火星上种植的食材来做三明治。"

他重重地坐下来。

"你得吃东西，"她说，"你很虚弱。"

"好的。"他说。

他拿过一个三明治，打开看了看，小口咬起来。

"今天剩余的时间休息一下吧，"她说，"天太热了，孩子们想去运河里游泳，再到山上走走。请一起来吧。"

"危机当前，我不能浪费时间！"

"就一个小时，"她劝道，"游个泳，对你有好处。"

他汗流浃背地起身。"好吧，好吧。别催了，我来。"

"那太好了，哈利。"

阳光炽烈，四野宁静，天空中仅有一个巨大的火团，像眼睛直瞪着下方的大地。几人沿着运河行走，父亲、母亲、身穿泳衣奔跑的孩子。他们中途停下，吃了肉饼三明治。他看到所有人的皮肤都晒成了棕黑色。他看到妻子和孩子们的黄色眼睛，以前从未有过的黄色。他打了几个冷战，躺下晒日光浴，暖融融的热浪很快驱走了体内的寒意。他好累，已经没有力气去害怕。

"科拉，你的眼睛是从啥时候变黄的？"

她面露不解。"一直是这颜色啊，我觉得。"

"三个月前不还是棕色吗？"

她咬着嘴唇。"没有啊。问这干吗？"

"没什么。"

他们在那里坐下。

"孩子们的眼睛，"他说，"也变黄了。"

"发育过程中，有时候眸色会变的。"

"或许我们也是孩子，至少对火星来说。个人意见。"他笑道，"我想游泳了。"

他们跳进运河中，他任由自己下沉，沉向水底，像一尊金身雕像，躺在碧绿的静谧之中。周身唯有静水流深，唯有安宁。他觉得那不慌不忙的平缓水流能轻易载着他漂走。

假如我在这里躺上足够久，他想，水就会展现效力，吞噬我的皮肉，直到骨骼像珊瑚一样显露在外。只留下一具骨架。然后，水流还能继续往骨架上堆积——绿色的东西、水底的东西、红色的东西、黄色的东西。改变。改变。缓慢的、深度的、无声的改变。山上的情形不就是那样吗？

他在水下望向头顶的天穹，此时此地此情此景，太阳也变得像火星一样了。

山上有一条大河，他想，一条火星河；我们所有人都待在它的深处，在鹅卵石筑的房子里，在沉没的石砌房子里，像躲藏的小龙虾。水冲走我们旧日的躯壳，拉长我们的骨头，此外——

柔和天光下，他在水中随波漂浮。

丹坐在运河边沿，一本正经地看着父亲。

"乌萨。"他说。

"啥意思？"父亲问。

男孩笑了。"你知道的。'乌萨'是火星语里'父亲'的意思。"

"你在哪儿学的？"

"我也不知道。旁边人吧。乌萨！"

"有什么事吗？"

男孩面露难色。"我——我想改名字。"

"改名字？"

"对。"

母亲游了过来。"丹这个名字有什么问题吗？"

丹有些扭捏。"那天你叫我：丹，丹，丹！我压根没听见。我内心觉得，那不是我的名字。我想用我的新名字。"

比特林先生攀着运河边沿，身体发冷，心跳缓慢。"新名字准备叫什么？"

"林尔。这名字不赖吧？我可以用吗？可以吗？求求你们了。"

比特林先生抬手扶额。他想到那愚蠢的火箭，全凭他一己之力单干，虽有妻儿做伴，却仍是孤家寡人，如此孤独。

他听到妻子回答："为什么不呢？"

他自己也不觉说道："好的，可以用。"

"呀哈哈！"男孩放声尖叫，"我是林尔啦，是林尔啦！"他疾步冲过草地，一边跳舞一边欢叫。

比特林先生看着妻子。"改名字做什么？"

"不知道，"她说，"我只觉得改了也挺好。"

他们走进山里，在古老的拼砖小路上徜徉，路旁的喷泉持续喷着水。整个夏天，小路上都浸漫着薄薄一层凉水。赤脚走在上面，一整天都很凉爽，足边水花涟涟，仿佛涉水浅溪。

他们来到一栋废弃的火星小别墅前，山谷的美景一览无余。它坐落在山坡顶上，蓝色大理石厅室、大型壁画、游泳池,在这炎热夏季里令人神清气爽。火星人不认同大城市。

"真漂亮,"比特林太太说,"要是能搬进这栋别墅来避暑该多好。"

"行啦,"他说,"咱们得回镇上了,火箭还没造完。"

那晚,他照常忙活,脑海里却闯进了那栋蓝色的大理石避暑别墅。几个小时过去,火箭在他心中的地位似乎下降了不少。

时日流逝,一周周过去,火箭的重要性逐渐靠后,越发减弱。曾经的热情消退了。他害怕起来,担心会就这样不了了之。不知怎么的,高温、热气、工作环境——

他听见五金车间的门廊上有人在低声嚷嚷着什么。

"大家都要去。你听说了吗?"

"全都去。没错。"

比特林走出门外。"去哪儿?"他看到几辆卡车,车上坐着孩子,满载着家具,驶下尘土飞扬的街道。

"去山间别墅。"对方说。

"是的,哈利。我要去。萨姆也去。是吧,萨姆?"

"没错,哈利。你呢?"

"我这里还有活儿要干。"

"干活!火箭到秋天再完工也行啊,等凉快些。"

他做个深呼吸。"我已经把框架都做完了。"

"还是秋天比较好。"酷暑之中,他们的声调懒洋洋的。

"我得干活了。"他说。

"秋天吧。"他们劝解道,听上去那么明智,那么正确。

"秋天确实最合适。"他沉吟道,"到那时候,时间也很充裕。"

不!他内心深处有个小人大声抗议,仿佛身陷监禁,遭受严防死锁,透不过气。不!不!

"等秋天吧。"他说。

"来吧,哈利。"大家纷纷邀约。

"好。"他说,感觉灼热空气凝滞得近乎液态,快要把肉身融化了。"好的,等到秋天,我再来继续干活。"

"我的别墅在缇拉运河附近。"不知谁的声音传来。

"你是说罗斯福运河,对吧?"

"缇拉。火星语的旧名。"

"可是地图上——"

"别管地图怎么标,它现在就叫缇拉。话说,我在皮兰山脉发现了一处地方——"

"你是指洛克菲勒山脉。"比特林说。

"我指的就是皮兰山脉。"萨姆说。

"没错,"比特林改口,"皮兰山脉。"炎热空气浪涌而来,将他裹挟。

第二天的下午又热又闷,全家人一齐上阵,把东西装上卡车。

劳拉、丹、大卫也帮忙搬运包裹。或者,按照他们偏好的称呼,蒂尔、林尔、维尔也帮忙搬运包裹。

家具都不要了,留在白色小房子里。

"当初放在波士顿感觉还不错,"母亲说,"跟这座房子也挺配。但是搬进别墅里嘛……不合适。秋天回来的时候再打理吧。"

比特林没有接腔。

"别墅里的家具怎么做,我还有点想法。"过了一会儿,他说道,"做那种大的懒人家具。"

"你的百科全书呢?肯定要带上的吧?"

比特林先生移开视线。"下周再过来拿。"

夫妻俩转头对着女儿:"你的纽约晚礼裙呢?"

女孩茫然地盯着父母。"问这干什么?我已经不想要了。"

他们关闭煤气与自来水,锁好门,离开。父亲往卡车货斗里看了看。

"老天,我们带的东西真不多。"他说,"跟带来火星的行李相比,简直就是屈指可数!"

他启动了卡车。

他恋恋不舍地回望那座白色小房子,内心渐渐涌起一股冲动，想要奔向它，抚摸它，与它告别，因为他觉得自己仿佛就要远行，只把那些再也不愿重拾、再也无法理解的东西留下。

正在这时，萨姆带着家人驾驶另一辆卡车经过。

"嗨，比特林！咱们走啦！"

卡车摇摇晃晃，沿着古老的公路驶出镇外。往同一方向行进的还有六十人。行驶的车流给小镇盖上厚厚一层寂静的尘土。运河的水泛着蓝色，在阳光下静静流淌，静谧的风吹过奇异的树。

"再见了，小镇！"比特林先生说。

"再见，再见！"一家子挥手向它道别。

他们没有再回头。

夏日烧干了运河，如同火焰降临草甸。空荡荡的地球人聚居区里，房屋的油漆起皮剥落。孩子们荡秋千用的橡胶轮胎静静悬在后院的炽热空气中，如同停摆的钟摆。

五金车间里，火箭框架开始生锈。

宁静的秋季，比特林先生站在别墅上方的山坡间俯览山谷。此时他的皮肤已是深黑，眸色金黄。

"是时候回去了。"科拉说。

"是啊，但咱们不回去。"他声音轻柔，"那里已经什么都没有了。"

"有你的书,"她说,"还有你华美的衣服。"

"有你的勒思,还有你华美的尤舞乐瑞。"她换上火星词语。

"镇子已经空了。没人想回去。"他说,"也没有理由回去,一条也找不出。"

女儿在织锦,两个儿子用古老的长笛与风笛演奏歌曲,笑声在大理石别墅中回荡。

比特林先生遥望远处山谷中的地球人聚居区。"地球人修的房子真奇怪,太可笑了。"

"智商有限吧。"他妻子寻思道,"这么丑陋的人。可算走了,也是喜事一桩。"

两人对视一眼,为刚刚这段对话惊诧片刻,随即哈哈大笑。

"他们去哪儿了?"他疑惑地发问,瞟了眼妻子。她的身材同他们的女儿一般苗条。她金黄的眼眸注视着他,他的模样也几乎和大儿子一般年轻。

"不知道。"她说。

"有机会再回镇上吧,也许明年,或者后年,或者大后年。"他平静地说,"现在——我有点热,去游个泳吧?"

他们转身背对山谷,手挽着手,静静地走下清泉漫溢的小路。

五年后，一艘火箭从天而降。它着陆在山谷中，热气蒸腾，里面跳出一群人，大喊着：

"我们打赢了地球上的战争！我们来救你们了！嘿！"

然而，美国人建设的这座村舍小镇、桃林与剧场一片寂静。他们发现一副又细又薄的火箭框架，在一家空荡荡的车间里生锈。

火箭官兵前往山间搜索。上校把总部设在一家废弃酒吧，他的副官回来报告。

"这个镇子是空的，但我们在山上发现了原住民，长官。黑皮肤的人，金黄的眼睛。火星人。非常和善。我们聊了一点，不多。他们学英语学得很快。相信我们和他们的关系能处得极其和睦，长官。"

"黑皮肤，嗯？"上校沉吟道，"多少人？"

"应该有六百到八百，住在山上那片大理石荒城里，长官。个个高大健壮，女人也很漂亮。"

"上尉，他们有没有告诉你，修建这处地球人聚居区的男女后来怎么样了？"

"对于这座镇子及其居民的命运，他们一无所知。"

"奇怪。你是否认为，那些火星人发动了屠杀？"

"他们的状态出奇地平和。可能曾经有瘟疫洗劫这座小镇，长官。"

"有可能。我想这也是永远解不开的一个谜，和书报上刊载的那种谜团一样。"

上校环视房间，望着布满灰尘的窗户、远方高耸的碧蓝山脉、阳光下流淌的运河，听到空气中柔和的风声。他浑身一颤。然后他回过神来，手指点了点刚用图钉钉在一张空桌上方的新绘的大地图。

"还有很多事要做，上尉。"他继续道，声音很轻，略有些模糊。此时，太阳已沉入蓝色山丘背后。"新的聚居区、矿场。矿藏需要勘探，细菌样本需要采集。所有工作都要重来。旧的记录全丢失了。还包括重新绘制地图的工作，重新命名山脉、河流等。需要一点想象力。

"你觉得这样命名如何？那些山就叫林肯山脉，这条运河叫华盛顿运河，那些山丘——那些山丘可以用你的名字，上尉。给你示个好。而你呢，礼尚往来，可以用我的名字命名一座城市。互相吹捧吹捧。这里何不就叫爱因斯坦谷，那边再远一点……你在听吗，上尉？"

上尉的目光蓦地抽离城外远山间碧蓝的色彩与静谧的薄雾。

"什么？噢，遵命，长官！"

Ray Bradbury
THE LOST CITY OF MARS

The Lonely Ones © 1949 by Better Publications, renewed 1977 by Ray Bradbury
The One Who Waits © 1949 by August Derleth, renewed 1977 by Ray Bradbury
The Disease © 2009 by Ray Bradbury
Dead of Summer © 2009 by Ray Bradbury
The Martian Ghosts © 2009 by Ray Bradbury
Jemima True © 2009 by Ray Bradbury
They All Had Grandfathers © 2009 by Ray Bradbury
The Strawberry Window © 1954, renewed 1982 by Ray Bradbury
The Wheel © 2009 by Ray Bradbury
The Love Affair © 1982 by Ray Bradbury
The Marriage © 2009 by Ray Bradbury
The Lost City of Mars (title feature) © 1966 by HMH, renewed 1994 by Ray Bradbury
Holiday © 1949 by August Derleth, renewed 1976 by Ray Bradbury
Payment in Full © 1950 by Standard Magazines, renewed 1977 by Ray Bradbury
The Messiah © 1971 by Ray Bradbury
Night Call, Collect © 1949 by Popular Publications, renewed 1976 by Ray Bradbury
The Blue Bottle © 1950, renewed 1977 by Ray Bradbury
Dark They Were, and Golden Eyed © 1949 by Standard Magazines, renewed 1976 by Ray Bradbury

This edition arranged with DON CONGDON ASSOCIATES, INC.
through BIG APPLE AGENCY, LABUAN, MALAYSIA.
Simplified Chinese edition copyright:
2025 SHANGHAI TRANSLATION PUBLISHING HOUSE (STPH)
All rights reserved

图字：09-2022-0859号

图书在版编目（CIP）数据

失落的火星之城/(美)雷·布拉德伯里(Ray Bradbury)著；李懿译. -- 上海：上海译文出版社,2025.1. -- ISBN 978-7-5327-9747-9

Ⅰ.Ⅰ712.45

中国国家版本馆CIP数据核字第202457T3E0号

失落的火星之城	Ray Bradbury	出版统筹 赵武平
	雷·布拉德伯里 著	策划编辑 陈飞雪
		责任编辑 邹滢
The Lost City of Mars	李懿 译	装帧设计 @broussaille私制

上海译文出版社有限公司出版、发行
网址：www.yiwen.com.cn
201101　上海市闵行区号景路159弄B座
苏州市越洋印刷有限公司印刷

开本787×1092　1/32　印张7.25　插页5　字数88,000
2025年1月第1版　2025年1月第1次印刷

ISBN 978-7-5327-9747-9
定价：78.00元

本书中文简体字专有出版权归本社独家所有，非经本社同意不得连载、摘编或复制
如有质量问题，请与承印厂质量科联系。T：0512-68180628